구름종착역

국립중앙도서관 출판시도서목록(CIP)

구름종착역 : 이덕선 수필집 / 지은이: 이덕선. -- 안양 : 문학산책사, 2014
    p. ;   cm

ISBN 978-89-92102-52-0 03810 : ₩10000

한국 현대 수필[韓國現代隨筆]

814.7-KDC5
895.745-DDC21   CIP2014016496

구름종착역

이덕선 수필집

문학산책사

네 번째 책을 출간하게 되었다.

뒤늦은 나이에 책 출간이 조심스럽기만 하다. 젊은 날 문학에 심취하면서도 글을 마음껏 써오지 못했다. 그래서 늘 안타까웠다. 교직에 머물면서 간간히 글을 써오긴 했지만 글쓰기보다는 나름대로 교육에 온 정성을 다 바치다보니 작품 활동을 겸한다는 현실의 벽이 너무 높았던 것도 사실이다.

교직 일선에서 물러나 여유 시간도 많아졌고 마음만 먹으면 글쓰기가 자유스러워져 요즈음은 책 읽기와 작품 쓰기를 즐기고 있다.

살아온 날들을 정리한다는 의미도 있고 무료한 시간을 유용하게 쓴다는 생각도 있어 글을 쓰고 있지만 책 출간까지에는 많은 생각을 했던 것도 사실이다.

이번 작품집은 중수필formal essay 쪽보다는 미셀러니miscellany 쪽으로 주제를 설정하고 글을 썼다. 어린 시절부터 현재에 이르기까지 잊을 수 없는 일들과 나의 생각을 정리하는 작업이었다.

2013. 12. 작은 서재에서

李 遠善

이·덕·선·수·필·집 구름종착역

차례

책머리에

┃ 서정이 있는 풍경

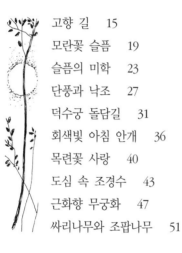

고향 길   15

모란꽃 슬픔   19

슬픔의 미학   23

단풍과 낙조   27

덕수궁 돌담길   31

회색빛 아침 안개   36

목련꽃 사랑   40

도심 속 조경수   43

근화향 무궁화   47

싸리나무와 조팝나무   51

2 변하는 세상만사

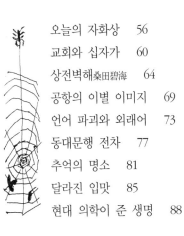

오늘의 자화상   56

교회와 십자가   60

상전벽해桑田碧海   64

공항의 이별 이미지   69

언어 파괴와 외래어   73

동대문행 전차   77

추억의 명소   81

달라진 입맛   85

현대 의학이 준 생명   88

3 아름다운 공간

서호천 산책길　94

음악 다실　98

인사동 길을 걸으며　102

젊은 날의 초상화　107

자하문 밖 봄 소풍　111

열광하는 한류와 감동　116

채운의 명소　120

단성사와 서부영화　123

한강 노천 수영장　128

전통민요 아리랑　132

4 감동의 지구촌

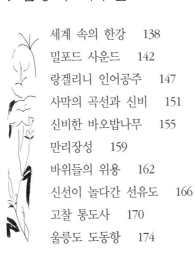

세계 속의 한강　138

밀포드 사운드　142

랑겔리니 인어공주　147

사막의 곡선과 신비　151

신비한 바오밥나무　155

만리장성　159

바위들의 위용　162

신선이 놀다간 선유도　166

고찰 통도사　170

울릉도 도동항　174

5 사랑과 인간관계

손자의 재롱   180

졸부와 기부천사   184

어머님의 교훈   188

안개비와 인연   191

밤하늘이 없는 도시   195

머물고 싶은 공간   198

책 읽는 일본인   201

고향에 두고 온 추억   205

자매학교 방문   209

6 오피니언

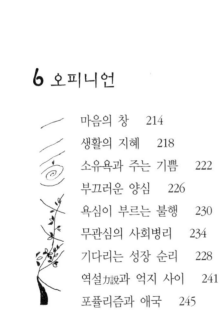

마음의 창　214

생활의 지혜　218

소유욕과 주는 기쁨　222

부끄러운 양심　226

욕심이 부르는 불행　230

무관심의 사회병리　234

기다리는 성장 순리　228

역설力說과 억지 사이　241

포퓰리즘과 애국　245

跋文 내 가슴속 산처럼 우뚝한 당신·조석구　251

서정이 있는 풍경

그토록 보고 싶은 얼굴들은 희미하지만 뜨거운 가슴을 열고 소리치며 그들과 하늘을 날고 싶었다. 아무도 없는 새벽길을 혼자서 페달을 밟으며 등굣길에 오르면 외로워지기도 했고 누군가를 소리쳐 부르고 싶었다.

하굣길에서는 서쪽 하늘에 드리운 글로우 선셋glow sunset이 가슴을 아프게 하며 무엇인가 모를 그리움이 쌓여만 왔다. 그래서 아무도 없는 들판에 대고 자꾸만 소리치고 싶었다.

— 「아름다운 고향의 서정」 중에서

고향 길

차창으로 내다보이는 고향 들판은 아름답다. 녹색 들판일 때나 황금색 들판일 때나 모두 아름답다.

스쳐 지나는 여행객의 눈에 보이는 목가적 전원 풍경이 한 폭의 그림처럼 아름답게 보이는 것은 땀 흘리지 않은 사람들의 낭만이라고 할지도 모른다.

그러나 싱그러운 풀 향기와 눈부신 햇살이 가득한 산야는 누구에게나 정겹고 포근함을 안겨준다. 바람에 흔들리는 나뭇잎 소리도 그렇고 새소리와 풀벌레 소리 모두가 그렇다. 한가로운 들판의 여유와 포근함이 그렇고 다툼 없는 평화스러움이 그렇다. 초조와 불안이 없는 고요와 가꾸지 않은 들꽃들이 자연스럽게 피어 산야를 뒤덮는 모습은 더더욱 정겹다.

꾸밈없는 소박한 순수함이 자연스러워 어머님 품 안처럼 따뜻하기만 한 곳이 나의 고향산천이다. 논두렁 한켠 물꼬에 졸졸졸 흐르는 물소리와 송사리며 물방개가 물속을 오르내리는 모습이 정겹고 아무렇게나 자란 잡초의 가식 없는 투박함이 평화롭다.

화장기 없는 순박한 여인의 모습처럼 아무렇게나 자란 나무와 자연의 굴곡들이 들길에 선 나그네를 반기고 나뭇가지 너머로 흘러가는 구름은 신작로를 걷고 있는 밀짚모자 쓴 농부를 더욱 한가롭게 만드는 풍경이다.

차창 밖으로 보이는 들판은 무수한 추억을 불러내고 그 그리움에 가슴 설레게 한다. 그때 그 아이들이 어디선가 소리치며 나를 부를 것만 같다.

고향의 정겨운 산과 실개천 가를 무작정 뛰며 달렸던 추억의 동산, 그 아름다웠던 작은 일들이 그립기만 하다.

산새 알 물새 알을 주우러 다니던 곳엔 해맑간 동심이 지금도 뛸 것만 같은 환영幻影을 지울 수가 없다. 너무도 아름다운 추억의 동산이다.

해동이 되면서부터 칡뿌리 캐러 양지바른 산을 찾았고 양지쪽에 삘기며 찔레 순을 꺾으러 들길을 달렸다. 물 논에 우렁이 잡고 보리밭 깜부기를 뽑아 입술이 까맣도록 빨던 그 들판에 추억이 어린다.

오일장이 서는 날이면 고갯마루에 서서 십리 길 장터에 다녀오시는 할머니를 기다리며 장바구니에 무엇이 들어있는지 궁금해 했고 꺼내주시는 알사탕을 입에 물고 들길을 뛰어다니던 철부지 어린 시절이 한없이 그리운 고향이다.

초등학교 입학 이후 이웃 마을 낯선 아이와 처음으로 교류하며 인간 관계에 눈을 뜨게 되었고 가정마다 살아가는 방법이 다르다는 사실과 태어난 이후 처음으로 다른 가정의 색다른 문화를 접하고 비교하며 충격을 느끼게 한 곳도 고향이다.

사계절 변화에 따라 생겨나는 먹거리를 찾아 이곳저곳을 찾아다니며 동아리끼리 갖는 즐거움과 새로운 세계를 알아가며 인정과 우정을 쌓았던 그 풍요의 땅이 내 고향이다.

그리고 언젠가는 다시 돌아가 흙이 될 곳, 그래서 고향은 어머니 같은 정을 느끼게 하는지도 모른다.

나는 고향 길을 오갈 때마다 정겨웠던 그 날들을 생각한다.

나에게 꿈을 갖게 하고 꿈을 이루도록 성원하며 힘이 되어 주었던 아름다운 산야 가래울 부처내 한딧골을 내려다보는 소리산이 있고 그 밑에 소리골이라는 곳이 평생 잊을 수 없는 내 고향이다.

그곳에는 미래를 향한 도전의 꿈도 있었고, 외로움과 아픔, 기쁨과 슬픔, 분노와 즐거움 등 수많은 아름다운 추억이 늘 숨 쉬고 있는 곳이었다.

외롭고 쓸쓸할 때마다 나를 감싸 안아주던 곳, 풀포기, 나무 하나하나에도 추억이 있는 곳이다. 대낮처럼 밝았던 달빛 속에 홀로 뒷동산에 올라 무수한 생각과 꿈을 매만졌던 젊은 시절 이제 뒤돌아보면 고향은 나를 성숙시킨 원동력임을 알 수 있다.

사색하며 분노하고 원망했던 하찮은 일들, 그러나 그것들이 나를 만들지 않았나 생각된다. 가로등 번쩍이는 도심 어디에서 그런 사색과 그런 자기와의 만남을 찾을 수 있는 곳이 있을까.

정겨움으로 다가오는 산야들 풀벌레와 새소리가 있고 어린 날 반가운 이웃들과 고목 정자나무가 있는 쉼터 등이 모두모두 하나같이 반갑다.

그런데 지금 내 고향에는 꿈을 가꾸며 커 가는 아이들이 거의 없다. 젊은이들이 일터를 찾아 대부분 도시로 떠나버려 아름다운 고향은 아이들이 거의 없는 노인들의 외로운 장소가 되었다. 시대의 변화가 만든 거센 물결에 모두 아름다운 고향을 비워 놓고 말았다. 안타까운 일이다.

농촌에도 꿈을 가꾸며 풍요롭게 살 수 있는 터전이 마련되어 농촌이 자랑스러운 고향임을 알고 성장하는 아이들이 많았으면 좋겠다.

농촌을 고향으로 둔 것은 분명 행복한 추억이며 너그러운 심성을 기르게 하는 원천이 되기도 하는 것이 아닐까 한다. ✿

모란꽃 슬픔

눈이 부시다.

쏟아지는 따사로운 햇살이 겨울잠을 자던 만물을 깨우고 새 옷으로 치장하기 바쁜 계절이다. 메마른 나뭇가지 사이로 찬바람이 스치고 얼음이 반쯤 녹은 곳에는 복수초의 샛노란 꽃이 가련하게 피어나 살포시 웃는다.

햇볕 들어 따뜻한 산 양지에는 성급한 할미꽃이 수줍게 추위에 떨고 있고 개울가 버들강아지 꽃이 피기 시작하면 산수유나무와 매화나무에도 봉긋한 꽃망울들이 커 간다.

자연의 섭리대로 계절은 찾아오고 자연 만물들은 성장의 기쁨과 결실을 맺기 위한 역동적 행군을 시작하는 출발점이 되어 성큼성큼 다가온다.

봄이라는 계절은 자연 만상에 생명을 주는 발원지다.

춥고 추웠던 겨울철 물도 얼음으로 변하고 땅도 꽁꽁 얼어붙어 어떤 식물도 살아날 것 같지 않지만, 순환이란 변화가 만물을 눈 뜨게 하고 그들의 생명을 이어주는 따뜻한 햇볕과 훈풍이 사랑으로 챙겨준다.

봄의 계절은 꽃이 있어서 아름다운 것이 아니라 새로운 생명이 땅속으로부터 생명을 얻어 새싹으로 탄생하고 죽은 듯 서 있던 나무들이 속잎을 발아해서 잎 피고 꽃을 피우기 때문에 아름답다고 하는 것이리라.

도시 공간에서도 개나리와 민들레는 노란색으로 둔덕과 공지에 자리 잡았고 진달래와 철쭉은 축대로 쌓은 큰 돌들 사이에서 멋을 부린다. 생동감이 이곳저곳에 나타나서 그런지 화사한 봄날은 무작정 걷고 싶은 충동을 일게 한다. 특별한 이유도 없는데 무엇이 그리운 듯 옷깃을 파고드는 꽃샘추위도 아랑곳없이 무한정 비감에 젖어 걷고 또 걷고 싶어진다.

6·25 전쟁 때 행불자가 되신 아버지가 문득 떠오르고 보고 싶다는 철없는 생각에 눈시울이 뜨거워 오기도 한다. 길고 긴 세월을 허무하게 기다리며 한평생 사셨던 어머니가 가엾고 그래서 화도 나고 슬퍼진다.

초록의 새싹들은 울긋불긋한 꽃들과 어울려 졸음이 오는지 미풍에 기대어 숨죽이고 지나는 벌들의 날갯짓에 예쁜 꽃잎들이 깜짝깜짝 놀라기도 한다. 실개천 오르내리는 송사리 떼 물새들의 그림자에 돌 틈으로 숨고 어디서 날아왔는지 한 쌍의 나비가 한가롭다.

나도 그만 양지에 앉아 오수를 즐기고 싶어진다.

자연과 하나가 되는 순간인 듯하다. 공연히 마음 설레고 다시 볼 수 없을지도 모른다는 막연한 생각을 하며 만물의 생동감에 깊은 사랑을 느낀다.

알듯 모를 듯 무한한 애착과 슬픔에 젖어드는 환상을 꿈속에서처럼 만나보는 봄날이다. 계절의 변화가 던져 주는 심적 착란인지 모르지만 지나온 날들의 슬픔이 하나하나 되새겨지고 아픔이 너무 강하게 밀려온다.

어머니가 뒤란 장독대 옆에서 앞치마로 눈물을 훔쳐내던 모습이 불현듯 떠오르고 고운 손으로 수틀 위 천에 그려진 모란꽃을 한 땀 한 땀 수를 놓다가 망연자실한 모습으로 깊은 시름에 잠기던 모습이 어린 나이에도 너무 슬퍼 울고 싶기도 했었다.

화사한 봄날 어머니가 외로워하고 그토록 그립게 기다리던 모습은 지금도 눈에 선하다. 이따금 한숨 섞어 행불자가 되신 아버지에 대해 말씀을 하며 소식이라도 알 수만 있다면 좋겠다던 어머님의 간곡한 소망을 평생 가슴에 묻고 돌아가셨으니 이 어찌 슬프지 않은가.

철없는 우리 형제들은 그 깊은 아픔을 한순간만이라도 뼈저리게 감지할 수 있었다면 이토록 죄스럽지 않았을지도 모른다. 그 슬픔을 내색하지 않으려고 애쓰셨던 자애를 뒤늦게 깨달아 본들 그 무슨 소용이란 말인가.

봄만 되면 뒤란과 앞마당 끝자락에 화단을 만들고 꽃을 가꾸시던 모습이 선하다. 장독대 돌 틈과 양옆에 채송화 씨를 뿌려 가꾸시고 한편에는 십여 년이 넘게 키우던 모란을 애지중지하셨다.

가을에 볏짚으로 모란을 싸맸다가 봄이면 조심스럽게 풀어 놓고 꽃

두세 송이가 피면 하루에도 몇 차례씩 감상하시던 그때 그 모습이 너무 슬프고 안타까워 가슴이 메어질 것 같다.

바깥마당 끝자락엔 장미와 수국이 노목이 되어 자랐고 노랗게 피는 국화가 제자리에서 매년 자라 꽃을 피웠다. 앞쪽으로는 빨갛게 피는 사르비아 꽃을 심어 오가는 사람들이 탄성을 자아내게 했던 기억도 새롭다.

희디흰 순백의 목련과 아주 작은 가련한 바이올렛이 이웃하고 예쁘게 꽃 피우는 계절이 봄이라서인지 어머니 화초 가꾸던 모습이 떠올라 늘 슬퍼지는 계절 속에 어머니의 환상을 지을 수가 없다.

봄이면 무의식중에 슬퍼지고 안타까운 심사가 일어나는 것은 아마도 어머니께서 봄을 가꾸던 추억 때문인지도 모른다.

올봄도 예외 없이 향수 같은 그리움이 갈증처럼 나를 외롭고 쓸쓸하게 만든다. 무작정 걷고 싶은 충동으로 할미꽃이 수줍은 듯 고개 숙여 피어있는 어머니 묘소를 찾아 봄단장을 하며 추억 속에 깊이 잠기고 싶어진다. ✿

슬픔의 미학

'슬픔의 미학'이란 문장이 성립될 수 있는 것인지를 생각하다 보면 알쏭달쏭하여 머리가 혼란스러워 온다. 슬픔이란 단어의 뜻도 정의하기 쉽지 않은데 슬픔이 아름답다고 말하기가 간단하지 않기 때문이다.

어렴풋하게 느껴지는 이미지가 없는 것은 아니지만 '슬픔의 미학'이란 문장을 설명하기는 쉽지가 않다. 눈물 콧물 나게 만드는 영화도 있고 소설을 읽으면서 눈물을 닦아야 하는 경우도 있다.

상가喪家에서 상주들이 소리 없이 눈물 흘리는 경우도 있고 흐느끼듯 부르는 노래를 듣거나 가슴 깊은 곳까지 파고드는 슬픔을 안겨다 주는 현악기나 관악기들의 떨림으로 눈물을 흘리게 하는 경우도 있다.

경쾌한 음악 연주보다 슬픔을 느끼게 하는 연주가 더 마음에 와 닿고 오래도록 기억하고 싶은 것도 있다. 그래서 슬픔은 어떤 상황이나 대상을 접할 때 마음속으로부터 동정과 잃어버리는 안타까움이 생겨나는 경우를 말하는 것이 아닐까 하는 생각도 든다.

그러나 그것도 슬픈 상황이나 대상이 모든 사람에게 똑같이 슬퍼지는 것이 아니라는 생각을 하다보면 슬픔의 정의는 쉽게 결론짓기가 어렵다.

인간은 누구나 슬픔이란 감정을 가져 본 경험은 있을 것이고 그 감정으로 인해 마음속에 허탈과 당혹스러움을 느껴본 바도 있을 것이다.

사람마다 슬픔을 느끼는 경우는 각자가 다르고 정도의 차이도 있고 전혀 반대의 감정도 가질 수 있기 때문에 '슬픔의 미학'이란 말을 쓰는 데는 어려움을 느낀다.

그런데도 이 문장을 아름다운 장식 언어로 쓰는 사람들이 많아서 혼란스럽기도 하다. 슬픔이 아름답다는 해답을 손쉽게 설명할 방법이 있었으면 좋겠다는 생각을 해 본다.

성현들은 인간의 감정을 사단 칠정론으로 설명 한 바 있으니까 슬픔이란 정情의 인식은 분명한데 그 슬픔을 아름답다고 할 수 있는 것은 어떤 것일까?

젊디젊은 나이에 남편을 불의의 사고로 여의고 고사리 같은 아이의 손을 잡고 하염없이 눈물 흘리는 소복한 여인의 처절함을 보면서 눈물 흘리는 것은 어떤 슬픔이며 이산가족들이 부모 형제자매를 생각하며 흘리는 눈물의 표현은 어떤 슬픔일까.

나는 젊은 시절 감명 깊게 보았던 '슬픔은 그대 가슴에Imitation of Life'라는 영화, 더그라스 셔크가 감독했고 존 개빈, 라나 티너, 산드라디, 수잔 코너 등의 배우들이 열연했던 미국 유니버설 사에서 제작한 영화를 보았다.

흥행에도 크게 성공한 작품으로 수잔 코너가 골든 글로브 조연 여우상을 받기도 했고 우리나라에서는 상영관마다 여성관객들을 눈물바다로 만든 유명한 영화이기도 하다.

혼혈 흑인으로 백인에 가까운 사라는 엄마 애니가 흑인이라는 사실로 인해 괴로워한다. 혼혈이라는 이유로 애인과 헤어지게 되자 사라는 엄마를 원망하면서 가출하여 술집 종업원으로 일한다.

비 오는 날 우산을 쓰고 딸을 찾아온 엄마를 모르는 사람이라고 매몰차게 돌려보냈던 사라는 어느 날 엄마의 사망 소식을 듣게 되지만 장례식 참석도 망설인다. 그러다 뒤늦게 짐을 싸들고 집으로 달려간다.

영구차가 천천히 집을 떠날 때 식장에 겨우 도착한 사라는 엄마의 영구차를 붙잡고 통곡하는데 가스펠gospel의 여왕이라 불리는 마할리아 잭슨이 눈물을 뚝뚝 흘리며 부르는 슬픈 노래가 가슴에 무엇인가 뭉클하게 전해져 오게 만든 영화였다.

오열하는 딸 사라의 슬픔 위에 통곡하듯 잭슨의 복음 성가가 화면에 울려 퍼지며 모든 사람의 눈에 눈물을 흘리게 했다. 영구차를 따라가며 엄마를 소리쳐 부르는 사라의 슬픔이 나도 모르는 사이에 흐느껴 울게 한 영원히 잊을 수 없는 슬픈 장면이 있는 영화다.

그 영화를 보고 오래도록 가슴속에 찡한 여운이 남아 가끔 생각나고 삶과 죽음 사이에 흐르는 인간적 고뇌를 잊을 수가 없었다.

자기 생활에 아무 도움도 주지 못하는 엄마에 대한 실망과 분노들이 있지만, 부모와 자식이란 관계에 뿌리 깊은 사랑이 잠재했다가 폭발하듯 그리움으로 터져 나온 슬픔은 너무도 가여워 가슴을 메어 왔다.

영구마차에 실린 관에 매달려 울부짖으며 엄마를 부르는 그 애절한 소리 메아리처럼 남아 지금도 들리는 듯하다.

그래서 관객들은 그 슬픔에 안쓰러워했고 늦게나마 화해하는 감동에 안위하며 눈물을 흘렸을 것이다. 가족애를 슬프게 표현한 아름다운 영화였다.

이 마지막 장면은 영화사상 세계 3대 슬픈 장면 중 하나로 꼽히는 명장면이다. '슬픔의 미학'이란 이런 슬픔의 장면을 보고 하는 말일까? 역시 어렵고 쉽게 결론적으로 말하기 어려운 문장인 듯하다. 🌸

단풍과 낙조

단풍도 아름답고 하늘에 뜬 저녁노을도 아름답다. 산천 어디서나 흔히 볼 수 있는 예쁜 빛깔의 단풍이 바람에 흔들리고 서쪽 하늘에 붉게 물든 낙조는 어느 때 보아도 아름답다.

어린 날 고향집 뜰에 앉아서 보았던 황혼이 너무 아름다워 넋 잃고 무심히 바라보다가 그 황홀한 색깔 있는 구름이 흘러가면 뛰어가서 붙잡고 싶은 충동도 일었다.

산자락에서부터 산 전체가 울긋불긋한 색깔의 단풍잎들이 낙조와 어울려 적막한 농촌마을을 그림처럼 물들이고 한없는 고요를 만들어 어린 마음을 더욱 외롭게 했고 그 아름다움에 취하도록 했는지도 모른다.

청색 하늘에 붉게 물들어 오는 저녁노을 속 어디로 가는지 기러기들이 V자형으로 쓸쓸하게 날아가고 섬돌 밑에 노래하는 귀뚜라미 소리가 슬픈 가을, 오색 단풍과 낙조가 신비롭게 어울린다.

도심 속에서는 상상도 할 수 없는 동화 속 같은 농촌풍경이 적막 속에 잠겨있는 모습은 한 폭의 그림이다. 그 아름다운 낙조와 단풍의 자연 신비를 도시에서는 볼 수가 없다는 것이 아쉽기만 하다.

낙조는 높은 빌딩에 가려져 감상하기 어렵고 인위적인 가로수나 작은 공원의 나무만으로는 자연이 주는 감동보다는 캔버스에 그려진 그림처럼 느껴지지 않을까 하는 우려를 낳게 하기 때문이다.

나의 어린 날은 전깃불도 없었고 도로에 자동차 지나가는 것도 별로 볼 수 없었던 농촌이었기에 더욱 자연 변화가 신기하고 아름다움에 취할 수 있는 감동이었다.

점점이 떠 있는 구름과 단풍이 너무도 고와서 지금도 마음속 깊이에 남아 있는 그 그림은 잊을 수 없는 추억일 뿐 아니라 그리움의 대상이다.

고등학교 때 관악산으로 가을 소풍을 갔다. 삼막사를 거쳐 염불암까지 다녀오는 가을 소풍이었는데 단풍이 너무 고와 구경만 하다가 염불암까지는 가지 못하고 그냥 내려왔다.

그때 보았던 단풍 빛깔들은 고향 근처에서 보았던 것과는 또 다른 감동이었다. 바위 틈을 비집고 자란 단풍나무들의 모양도 다양했고 단풍잎들은 크레파스로도 재현하기 어려운 빛깔일 것 같은 착각을 일으키게 했다.

관악산은 돌산이라 고향에서 보았던 산과는 달랐다. 바위와 바위들 틈에 오랜 세월 고난을 극복하고 힘겹게 자란 나무들의 신비로움도 크나큰 감동인데 단풍의 빛깔마저 고와 산 전체가 감동이었다.

산 정상에 서면 서해가 맑은 날에는 보인다고 떠드는 친구들의 이야기를 귓전으로 들으며 서녘 하늘에 구름이 깔리고 오색단풍과 어울리면 선경이 따로 없겠다는 생각도 했다.

외국 여행 중에도 낙조가 아름답다는 관광지에서 많은 사람이 황혼의 아름다움에 흠뻑 빠져 즐거워하고 놀라워하는 모습들을 보며 함께 보람을 느꼈던 일들이 새로워진다.

아름다움을 보는 것은 누구에게나 행복한 일인가 보다.

먼 이국에서 보는 아름다운 저녁노을을 본다는 것은 고국 하늘에 펼쳐진 노을을 보는 느낌과는 또 다른 감동이다. 고국 땅에서 볼 수 있었던 노을과 비교되는 환경과 지형의 특이함 속에 정서적으로 느끼는 자연의 경이로움은 형언키 어려울 정도다.

계곡 가득히 뭉게구름처럼 물들어 있는 단풍 숲은 선경이다. 색깔의 다양함과 조화는 감탄을 절로 나오게 한다. 노랑 빨강 갈색 그리고 청색이 한데 어울려 비탈진 산의 지형에 따라 펼쳐진 채색은 인위적으로 만든다 해도 그렇게 멋진 작품의 창조는 어려울 것만 같다.

골짜기에서 산 정상까지 굴곡에 따라 투영되는 햇빛의 명암이 다르고 그 밝고 어둠에 따라 변하는 색채의 농도가 달라서 오색만이 아니라 다양한 색감에 산은 그야말로 황홀한 경관을 연출한다.

단풍 숲 위를 지나는 구름의 등장과 멀리 낙조가 서녘 하늘을 물들일 때면 마음마저 형언키 어려운 서정으로 온갖 상념에 휩싸이게 한다.

기쁨인가 하면 그도 아니고 슬픔인가 하면 그렇지도 않은데 별의별 추억과 그리움들이 낙엽과 낙조의 흥취 속에 주마등처럼 지나가며 마음을 산란하게 만든다.

　과거 현재 미래를 왕래하며 생각에 생각을 더하게 하고 무엇인가 아련한 그리움과 슬픔들이 뒤엉켜 심연한 곳에서 방황하게 만들기도 한다. 그중에서도 가장 두드러진 상념은 알 수 없는 그리움과 슬픔이다. 무엇 때문인지는 모르지만 그리움과 슬픔의 징서는 한 덩어리가 되어 가슴에 찡하게 울려온다. 그리움이 따로 있는 것도 아니고 걷잡을 수 없는 슬픔이 상존하는 것도 아닌데 눈가에 눈물이 고이고 가슴을 울렁거리게 하는 이상한 마력이 아름다움 속에는 존재하는 듯하다.

　단풍과 낙조가 너무 아름다워 이성을 잃었는지 꼭 집어 말할 수 없는 정서적 충돌이 생겨나는 것이 아닐까도 생각된다. 아무 이유도 없이 심금을 울리는 슬픈 노래가 무한정 좋게 느껴지는 것과 같은 이유 같은 것인지도 모르겠다. ✿

덕수궁 돌담길

덕수궁이 있는 중구 정동은 빌딩 숲으로 가득한 곳이다.

시청 길 건너 덕수궁 돌담이 시작되는 곳에서 천천히 걷다 보면 덕수궁의 정문인 대한문이 나오고 그 돌담길을 따라 이어 가면 서울에서 이름난 덕수궁 돌담길로 정겹게 이어진다.

젊은 시절 산책의 추억을 되살리며 오랜만에 걸어 보는 길이라 남다른 감회가 다가왔다. 백 년 넘는 건물들과 가로수가 뒤덮는 숲길이 걷기 편안하게 만들어져 심신을 편안케 한다.

근현대식 건물들이 이곳저곳에 세워진 역사의 거리를 걷다 보면 문화의 흔적들을 보며 산책할 수 있어 좋다. 돌담길 바닥에는 옛날에 없던 정동길 역사가 담긴 근대건물들이 타일 속에 박혀 깔려있다.

멋지고 편안하게 휘어진 돌담길을 혼자만의 깊은 상념에 젖어 걷게 되는 뜻있는 산책길이다. 휘어진 길이 끝나갈 무렵 서울시립미술관으로 가는 길이 보인다.

이 미술관 건물터는 대법원이 사용하다 이전한 곳이다.

연인과 돌담길을 걸으면 헤어지게 된다는 속설은 아마도 법원이 있었기 때문에 만들어진 것인지도 모르겠다. 계속 돌담길을 따라 올라가면서 젊은 날 수많은 추억이 떠올라 가슴이 뭉클해 온다. 배재학당 역사박물관, 정동교회와 하얀 탑 정경, 우리나라 최초의 극장 원각사 터에 세워진 정동극장, 명창 이동백 동상, 수령 500년 보호수를 볼 수도 있다.

'광화문 연가' 노래비가 새로 세워져 있는 정동 로터리를 거쳐 민족의 한이 서린 을사늑약을 체결한 역사의 현장 중명전도 들러 본다. 구 러시아 공사관과 유럽 여러 나라 주한 대사관들이 있는 곳을 지나 정동 근린공원까지 갔다가 다시 돌아와 덕수궁에 들러 관람하는 일정으로 추억 산책을 한다.

덕수궁을 중심으로 ㄷ자 형으로 산책길을 잡으면 광화문 쪽으로 갈 것 같아 정동 근린공원을 돌아오는 산책을 하다 보니 거리가 너무 짧아 아쉽기는 했어도 모처럼 많은 생각을 할 수 있어서 좋았다.

나이 든 사람들에겐 꿈을 꾸고 가꿔가는 희망보다 지나온 날들을 추억하며 회상에 잠기는 것이 보통의 경우다. 그래서 실망스럽고 가슴이 아프며 화도 나고 일상 하는 일과에 짜증도 나고 추억 속에 회한으로 늘 산책은 아쉬움이 남는다.

꿈이 없다는 것은 누구에게나 절망이다.

젊은이들이 내일을 향해 힘차게 달려가고 무엇인가를 이뤄내며 살아가려고 노력하는 것은 그 자체만으로도 행복이다. 노인들은 긴 안목으로 목표를 설정하고 그것을 해결해 나가는데 필요한 조건이 아무것도 마련되어있지 않은 외로운 상태다.

그래서 노인들은 대개가 하루하루에 매달려 산다.

오늘은 어디로 갈까 산행을 할까, 아니면 전철을 타고 무작정 종점까지 갔다가 돌아올까, 이런 생각을 하며 서글픈 일과를 반복하는 슬픈 노인들도 더러 있다.

노인들의 이와 같은 고민은 젊은이들에게도 반면교사가 되어야 할 것이다. 세월은 1분 1초도 쉬지 않고 흘러가게 되어있고 그곳에서 태어난 인간 모두는 세월과 함께 늙어 간다는 사실은 누구도 거부할 수 없는 자연 섭리이며 삶의 원칙이기 때문이다.

그와 같은 섭리를 깨닫지 못하는 일부 젊은이 중에는 노인을 경시하고 하찮게 보는 경솔하고 경망한 행동도 한다. 자기는 평생 젊을 것이라는 무의식의 착각이 안쓰러워 보인다.

덕수궁 돌담길 산책을 하면서도 수많은 상념에 외로움과 소외라는 옷을 벗어 버릴 수 없는 현실에 안타까움을 느끼며 외로운 산책길이 전부임에 또다시 한숨만 난다.

복잡한 전철 안에서 노인을 비하하는 젊은이의 발언도 들을 수 있고 무료승차권을 철회하는 것을 검토해보자는 정치인들의 말도 들어온 터다. 그렇게 말하는 것도 그만한 타당한 이유가 있을 수도 있을 것이다.

오늘 모처럼 덕수궁을 찾기 위해 자가용 이용을 하지 않고 전철을 이용하기로 했는데 버릇없는 젊은이의 스치는 언행이 귀에 거슬린다. 마음 같아서는 한마디 해주고 싶었지만 참았다.

산책길을 되돌아와서 덕수궁 대한문으로 들어선다. 금천교를 출발점으로 중화전까지 이르는 넓은 길을 걷는다.

고교 졸업 앨범 그룹 사진 촬영을 위해 우리 팀이 이곳 석조전 뜰에 왔던 때가 오십여 년 전이란 생각을 하니 지나간 세월이 새삼 서러워진다.

석조전 연못 분수대가 있는 곳에서 장난스럽게 찍었던 옛일이 어제인 양 눈에 선해 온다. 사진사의 여러 차례 주의를 받고서야 겨우 그룹 사진 한 컷을 찍고 이곳저곳을 다니며 개인 사진도 찍고 몇 명씩 따로 사진을 찍기도 했다.

거목 뒤에서 친구들이 웃고 떠드는 환상과 착각으로 눈가에 뜨거운 눈물이 핑 돈다. 어느 틈에 이토록 멀리 왔단 말인가. 돌담길을 걸으며 느꼈던 상념과는 또 다른 생각으로 젊은 날 아름다웠던 추억들이 떠올라 벤치에 앉아 눈을 감는다. 지나온 날들이 한 편의 영화 같다.

도심 속 빌딩 숲 속에 넉넉한 자연 공간이 있다는 것은 도시인에게 행복한 일이다. 두고두고 추억할 수 있는 곳은 아름다운 곳이다.

역사의 흔적으로가 아닌 개인의 추억의 덕수궁은 아름다움 그대로다.

목재로 된 건축과 콘크리트 건물이 공존하는 도심 속의 한가로움이 한껏 멋을 낸 공간에 찬사가 절로 나온다.

우리가 졸업 사진을 찍으러 왔던 때만 해도 덕수궁 주변에 큰 건물이 많지 않았다. 좀 멀리에 헐어버린 중앙청이 있었고 지금처럼 시청이 멋진 건물 중 하나라 할 수 있었다.

석조전 뜰 앞 정원과 분수대는 옛날처럼 그대로 있었고 주변 나무들이 그동안의 연륜이 쌓여 고목이 되어있음을 보며 새삼 세월의 빠름을 느끼며 내가 얼마나 늙었는가를 헤아리는 하루였다.

　안타깝고 외롭고 쓸쓸한 한이 덕수궁 곳곳에 남아 있어 고교 시절이 한없이 그리워지고 힘이 넘치던 그 날의 혈기가 새삼 느껴져 눈물이 난다.

　젊음은 아름답다. 추억도 아름답다. 한평생을 함께하는 지나가 버린 날의 모든 것들은 상실이 아니라 오늘에 되살아나는 아름다움과 그리움이다.

　하루하루를 손질하고 다듬어 뒷날 소중한 보물로 만드는 예견豫見을 갖추는 지혜로운 삶을 사는 것이 중요함을 젊은이들에게 전하고 싶어진다. ❀

회색빛 아침 안개

　나는 새벽 운동을 즐긴다.

　희뿌연 안개가 바람을 타고 살랑인다. 거리엔 이따금 자전거를 타고 새벽 배달원들이 빠르게 지나친다. 그러나 차도에는 먼 곳 직장에 출근을 서두르는 듯한 자가용 차량과 화물 차량들이 빠른 속도로 차도를 질주한다. 행인이 거의 없는 길을 혼자서 묵묵히 걷노라면 외로움보다는 간섭받지 않는 홀가분한 기분이 즐겁다.

　새벽 운동은 하루를 설계한다는 신선함도 좋다.

　누구에게도 간섭받지 않는 운동을 할 수 있는 것도 좋고 조용히 내 생각에 깊이 빠질 수 있는 것도 좋다. 새벽 신선한 공기도 좋고 별로 사람이 없어서 눈치 볼 일 없어 좋다.

　살아가는 동안 건강해서 가족들에게 부담 주지 않고 살고 싶은 것이

나의 희망이다. 그래서 새벽 운동은 여러모로 좋다. 하루를 설계도 하고 운동도 해서 건강을 지킨다는 것은 자신과 가족을 위해 필요한 일이라 생각한다. 병석에 누워 오래 산다는 것은 본인과 가족 모두에게 크나큰 부담이기 때문이다.

그래서 나는 시간 나는 대로 아침 운동을 즐긴다.

또 다른 이유는 하루 중에 어중간하게 산책에 나서거나 행사에 참석하다 보면 하루를 규모 있게 살지 못하고 시간을 낭비하는 것 같아서 싫다. 아침 공기는 신선함과 상쾌함을 느끼게 해 주어서 좋다. 촉촉이 땀 흘리고 집에 들어와서 아침 샤워를 하는 것은 더 할 수 없는 즐거움과 행복감을 느끼게 해서 좋다.

집안에 갇혀 있는 공기는 창문을 열어 들어오는 공기로 교환해도 신선함이 오래가지 않아 아쉬움만 남는다. 아파트 문밖만 나서면 산들산들 몸에 와 부딪히는 공기가 청량감을 주어서 좋고 차츰차츰 다가오는 여명이 반갑고 그 변하는 빛깔이 좋아서 반갑다. 여명의 변화가 느린듯하지만, 초를 다투며 주변을 인식시켜 줌이 좋다.

시야의 폭과 거리가 넓어지고 길어지는 광경이 너무 좋다.

일직 잠 깬 새들이 분주히 먹이 찾는 모습도 반갑고 흥미롭다. 개천에 흐르는 물 따라 오가는 새들의 힘찬 날갯짓도 좋고 이슬 맺힌 풀잎도 예쁘다. 이슬 맺은 클로버 잎과 잡풀 사이로 작은 풀벌레의 움직임도 삶의 흔적들이라 보기가 좋다.

어느새 가을이 찾아왔는지 코스모스 길이 즐겁게 반겨줌도 좋다.

갈대숲엔 청둥오리들이 잠을 자다 깨었는지 뒤뚱뒤뚱 걸으며 물가를 찾아가는 모습이 우습기도하고 반갑기까지 하다. 개천 고인 물이 많은 곳에서는 작은 새끼 청둥오리 떼가 쌍쌍이 물놀이를 즐기며 먹이도 구하는 앙증스러운 모습에서 생명의 존귀함을 느끼게 해서 좋다.

재색 빛이던 하늘이 푸르러 있고 나뭇가지에 지나는 바람이 맑아 좋다.

산책로엔 체육복 차림의 노인 청년 남녀 할 것 없이 분주히 운동을 한다. 건강한 모습이라 좋다. 사람마다 새벽 운동의 이유가 있겠지만, 건강을 생각하며 일찍이 하루를 시작하는 부지런한 사람들의 모습은 보기가 좋다.

도시인들의 일상이 늘 바쁜데 새벽 시간을 이용하여 취미를 겸한 운동으로 건강마저 챙기는 모습은 권장할 만 한 일 같아서 좋다.

조용함이 송두리째 무너져 명상의 자리가 사라져가는 것은 아쉽지만, 새벽 산책로는 도시인에게 없어서는 안 될 소중한 공간이기에 서로에게 불편 주지 않는 선에서 서로 양보하고 협력하며 좋은 산책로 만들기에 함께 노력하는 모습은 정겹고 흥겹다.

층층나무 잎이 누렇게 변해가고 왕벚나무의 울긋불긋한 낙엽과 은행나무의 노랗게 물든 낙엽이 있어서 좋다. 비탈진 제방엔 갈대꽃이 흐느적거리고 둑 위에 자라고 있는 이팝나무에는 까만 열매가 있어 좋다. 산사나무의 열매도 익어가고 산딸나무 열매도 보기 좋게 익어 간다.

새벽길은 자연의 신비로움에 경탄을 금할 길이 없다.

새벽 산책길에 굉음을 내며 지나는 자동차의 행렬과 소음들이 짜증나고 싫지만, 그것이 삶의 진정한 몸부림이기에 견디는 도리밖에 별수가 없다.

도시에서 신선한 공기를 접할 수 있는 때는 아침밖에 없다.

안개가 걷히고 청명한 하늘이 웃으면 나도 소리 내어 웃고 싶다.

산책길 옆으로 흐르는 물소리가 상쾌하고 경쾌해서 좋다.

산골짜기에서 돌 틈을 흐리는 물소리처럼 정겹지는 못해도 도심에서 흐르는 물소리를 듣는다는 것은 행복한 일이어서 좋다. ✿

목련꽃 사랑

봄의 전령사 백목련이 올해에도 어김없이 순수와 순결한 몸짓으로 곱게 단장하고 아파트 정원에 찾아왔다. 아직 바람이 차가운데도 백옥 같은 살결을 내밀고 예쁘게 웃고 있다.

백목련을 보면 제일 먼저 떠오르는 낱말이 순결과 청순함이다. 백옥 같이 빛나고 깨끗해서 옥수라는 별칭도 있고 거기에다 난초 향까지 난다고 해서 옥란 또는 목란이란 이름도 있다.

눈처럼 희디흰 꽃잎은 윤기 나는 여인의 살갗처럼 곱고 예쁘다. 한겨울 매서운 바람에 동요함 없이 붓끝 같은 꽃망울을 키우며 인고의 세월을 이겨낸 고결한 꽃이다.

그리고 어여쁜 자태를 봄바람에 흔들리며 만개하고 사랑과 우애라는 꽃말을 심으며 사람들 마음속에 파고드는 꽃이다.

시골 마을에서도 피고 아파트 정원에서도 피어 봄을 알리고 깊숙한 산속 사찰의 뜰에도 목련은 불심을 가득 담아 속됨 없이 청순하게 핀다.

나무에 핀 연꽃이란 뜻으로 명명하게 된 것이 대중적인 이름이지만 목련의 이름은 그것만이 아니다. 꽃봉오리가 붓끝처럼 생겼다고 목필 꽃이라고도 하고 꽃봉오리와 꽃들이 모두 북쪽을 향해서 핀다하여 북향화란 이름도 가지고 있다.

옛날 시인이나 묵객들은 목련을 시로 화답하고 그림으로 사랑을 담았으며 문예를 아끼는 많은 사람에게는 환희로 노래하게 한 꽃이다. 한국화로 그려진 목련의 화사한 그림 속에는 고결과 청순함을 모두 갖춰진 신비로움까지 느끼게 하는 고고한 품위를 간직한 꽃이다.

흔히 알기에는 목련꽃의 빛깔에 따라 백목련과 자목련만 있는 줄 알지만 조금씩 다른 유형의 목련이 수백 종이나 된다고 하니 내가 본 목련은 그중 일부의 목련만 보았던 듯하다.

충남 태안 천리포 수목원에는 노랗게 피는 색다른 목련도 있다. 그런데 그 목련꽃이 꼭 새가 날아가는 것 같이 보여 옐로우버드yellow bird라고 부른다. 이 수목원에서는 오래전부터 목련 수백 종을 수집하여 기르며 종자 개량을 위해 계속 연구하고 있단다.

시간이 나는 대로 다시 찾아가 다양한 목련꽃 아름다운 자태를 감상하며 만끽하고 싶다. 목련꽃은 왜 그런지 모르지만, 꽃망울일 때부터 북쪽을 향해서 커가고 꽃도 북쪽을 향해 피는 이상한 습성을 가졌다.

목련의 이런 현상은 생태적 원리에 따라 그렇게 피는 것이겠지만 사람들은 임금님에 대한 충절이라고 해석하며 의미를 부여하기도 해 왔다. 옛 문인화가들이 그린 그림 속에 목련을 소재로 그린 그림이 많은 것도 청순함이나 충절을 미화하기 위함이 아닐까 생각도 든다. 신화나 전설들은 사람들의 상상 속에서 만들어진 것이지만 그 속에 담긴 의미는 인간 생활에 교훈으로 남겨지기도 한다.

목련의 꽃말은 이루지 못할 사랑, 숭고한 정신, 우애, 연모의 정 등으로 쓰고 있다. 목련은 어느 한 곳 흠잡을 수 없는 고고한 품위를 간직한 아름다운 꽃이다.

백목련은 시원스레 큰 꽃잎으로 시선을 모으고 그 순수하고 아름다운 색깔이 고와 감탄이 절로 나온다. 회색 공간 위에 백색의 찬연함은 색채를 더욱 빛나게 하고 순결의 이미지를 더욱 빛나게 만들지 않나 생각되기도 한다.

아직 풀리지 않은 대지의 냉기가 있음에도 고고한 자태를 조금도 손상시키지 않는 의지의 꽃이다. 쓸쓸하게 텅 빈 가슴을 환희로 채워주는 꽃 목련은 희망을 선물하는 봄의 전령사다.

꽃말처럼 이루지 못할 사랑은 목련에 어울리지 않는 것 같다. 전설을 따라 붙인 꽃말인 듯하지만, 흰빛 꽃잎은 숭고하고 찬란하다. 그래서 사랑을 느낀다.

눈부시게 피는 목련꽃은 잎이 나기 전에 꽃부터 핀다.

꽃잎을 따서 술을 만들기도 하고 말린 꽃잎은 차로 만들어 먹기도 한다. 꽃잎 차는 혈압에 효능이 있고 목련꽃으로 빚은 술은 감기와 콧물에 효능이 있다고 전해진다.

꽃봉오리는 신이화辛夷花라고 한다. 혀끝에 대면 약간 매운맛이 나는 데서 얻은 이름으로 약재로도 쓴다. 목련은 버릴 것이 없는 사랑의 꽃이다. 🌸

도시 속 조경수

도심 속 나무들은 조경을 위해 의도적으로 선택되어 심어진 경우가 대부분이다. 가로수도 그렇고 크고 작은 공원 안에 예쁘게 식수된 나무들도 마찬가지다. 수목의 다양성이나 희귀종들도 도심 속에서 더 많이 발견되고 있다.

수목원에서 판매를 위해 멋진 나무들을 수집한 것이거나 관상목으로 자체 생산한 것들을 도시로 이주시킨 나무들이라 분재처럼 보이는 나무들도 흔히 볼 수 있는 것은 의도된 조경 때문이리라.

대단지 아파트 주변의 나무들은 인위적으로 다듬어져 그 멋스러움에 경탄을 자아내게 한다.

플라타너스가 가로수의 전부였던 옛날과는 달리 요즈음은 수종도 많이 달라졌다. 희귀종의 하나였던 회화나무까지 가로수가 되고 이팝나

무나 루브라 참나무, 메타세쿼이아, 층층나무, 은행나무, 왕벚나무 등
등 가로수가 다양해져서 좋다.

그중 회화나무는 아무 데서나 쉽게 찾아 볼 수 있는 나무가 아니었
다. 근래에 와서 가로수나 공원 등에 많이 심기 때문에 쉽게 볼 수 있
는 나무가 되었다.

8월 중순부터 담황백색 꽃이 피는데 작은 흰 꽃송이가 새순으로 자란
가지에 온통 흰 빛으로 곱게 물들인다. 낙화가 시작되면 나무 밑은 온
통 눈을 뿌려 놓은 듯 꽃잎들이 쌓인다. 도시인들에겐 좋은 볼거리다.

회화나무는 아카시아 나무와 비슷해서 혼돈 하는 사람들이 많다. 그
러나 자세히 살펴보면 많이 다르다. 이 나무는 잎이 작고 저녁이 되면
잎이 접히는 모양을 한다. 아카시아꽃은 크고 짙은 향이 있지만, 회화
나무는 특별히 느껴지는 향은 없고 크지도 않다.

우리 선조들은 마을 어귀에 회화나무를 심어 잡귀를 쫓고 마을의 안
녕을 기원하기도 했고 집안에 심어 가문의 부귀와 영화, 번창을 기원했
으며 학자나 큰 인물이 난다고 해서 길상목으로 보호해 왔다.

특히 궁궐이나 대갓집 정원 뒤뜰에 심었고 아무 데나 심는 것을 금했
다는 설도 있다. 그만큼 귀하게 대접받은 까닭에 지방에는 지금도 보호
수로 지정받아 보호되는 수령이 오래된 나무들이 많이 있다.

봄부터 연초록 잎이 피면서 도심을 싱그럽게 하고 여름에는 시원한
그늘을 만들어 주고 가을엔 잎이 부서져 청소의 어려움마저 해결해 주
니 고마운 나무임이 틀림없다. 회화나무뿐만 아니라 도심 가로수들은
시민들에게 사계절 변화에 따라 눈을 즐겁게 해 주어 좋다.

봄철이면 새로운 생동감을 일게 하는 벚나무 가로수 길도 좋고 이팝나무 길도 좋다. 분홍빛 벚꽃도 예쁘고 이팝나무 흰 꽃이 피는 가로수도 예쁘다. 여름이면 그늘이 넉넉한 플라타너스 가로수와 느티나무 가로수도 좋고 가을에는 예쁜 단풍잎을 보여주는 은행나무와 새빨간 단풍잎 루브라 참나무 길도 좋다.

회색 건물의 칙칙한 도심의 거리를 환하고 밝게 만들어 주고 휴식의 공간까지 만들어주는 나무들은 고맙기 한이 없다. 이런 나무들이 없다면 도시는 색깔을 잃은 채 볼품없는 각진 콘크리트만 남아 삭막하기 그지없는 곳이 될 수도 있을 것이다.

그런데 다행히 가로수로 식수 된 나무와 유휴지遊休地 공간에 자라는 나무들이 조화를 이뤄 아름답게 환경을 꾸며주는 것은 도시의 멋이다.

때죽나무는 짙은 꽃향기와 함께 깜찍한 열매들이 시선을 끌게 하고 산사나무와 산딸나무의 열매들, 보리수와 산수유 빨간 열매, 팥배나무의 까만 열매, 모두 아름답고 자연을 배울 수 있어서 좋다.

복자기 나무의 새빨간 단풍이 있는가 하면 하트모양의 잎이 아름다운 계수나무의 향기도 좋다. 도심의 수목들을 눈여겨보고 있노라면 나무의 전시장을 연상시킨다.

단풍나무, 배롱나무, 꽃사과나무, 아그배나무, 마로니에, 향나무, 독일가문비나무, 목련과 후박나무, 모과나무와 쪽동백나무, 주목, 자작나무, 마가목, 히말라야시타와 튤립나무, 작살나무와 가막살나무, 모감주나무와 자귀나무 등등 시골에서도 쉽게 찾지 못하는 나무들이 지천인 것이 너무 좋다.

유실수들도 이곳저곳에서 자란다. 살구나무, 감나무, 대추나무, 스트로보잣나무, 자두나무와 호두나무, 보리수나무와 앵두나무까지 예쁜 열매를 보여주는 나무들도 수없이 많아 좋다.

앙상한 가지에 파릇파릇한 새잎이 돋아 생명의 순환을 보여주는 나무들의 환희가 즐겁다. 크고 작은 야생화들이 공원이나 둔덕에 피어 눈길을 끌고 도심에 심어진 나무들은 녹색 잎과 여러 색깔의 예쁜 꽃 잔치가 열린다.

계절을 알리는 전령사 역을 맡아 사람들에게 화사한 꽃 소식을 전하는 도시의 나무가 고맙기 한이 없다. 가로수도 그렇고 공원 조경수나 아파트 정원수도 그렇다. ✿

근화향 무궁화

무궁화는 7월에서 9월까지 꽃이 핀다.

나무 크기에 따라 하루에 20송이에서 많게는 50송이까지도 꽃이 핀다. 아침부터 피기 시작하여 한낮에 활짝 피었다가 저녁이 되면 꽃잎을 도르르 말아 밤엔 꽃잎을 떨어뜨린다.

다음 날 아침이면 새롭고 아름다운 꽃잎을 다시 열고 새 옷을 입은 깔끔한 여인이 웃음 짓듯 산뜻하게 꽃을 피운다. 무궁화는 반복하여 연속적으로 꽃을 피우고 지는 개화 습성을 지닌 별난 꽃이기도 하다.

무궁화는 우리 민족의 끈질긴 정신력과 불굴의 정신을 닮은 꽃으로 인식되어 왔다. 그래서 수천 년 전부터 민족 정서로 키우며 사랑해 온 선조들의 얼이 숨겨져 있는 귀한 나무다.

꽃의 특성이 우리 민족 고유의 정서를 닮아 일편단심 애국충정을 다하는 꽃으로 인식된다. 흰색 바탕은 배달겨레를 상징하고 꽃받침의 붉은색은 나라 사랑이라는 한결같은 굳건한 마음을 뜻한다. 무궁화는 무한정 지속하는 민족의 반만년 역사와 애국애족의 숭고한 정신을 담고 있는 꽃이다.

그런데 근자에는 무궁화가 눈에 잘 띄지 않는다. 진딧물에 약하여 조경수로 적합하지 않아 식수를 기피하기 때문이라고 한다. 연한 새순 주변에 몰려드는 진딧물 때문에 지저분한 나무로 낙인 찍혔고 주변 나무들까지 피해를 주게 하는 주범으로 인식되어 정원수로 기피하는 사례가 많아졌다는 것이다.

정부 각 기관의 뜰이나 정원에서도 무궁화는 보기 어렵고 공원이나 유적지 조경에서조차 잘 쓰이지 않는 나무가 되었다니 안타깝기 그지없다.

그뿐만이 아니라 교육을 해야 할 학교 정원이나 뜰에서조차 보기 어려운 나무가 되었으니 할 말이 없다. 3~4m 크기의 나무로 키워야 진딧물의 피해도 막을 수 있고, 진정한 무궁화 꽃의 만개를 보고 즐길 수 있는데 심어 놓은 나무의 성장을 저지하기 위하여 자라는 원주를 잘라 몽당발이로 만들어 놓았으니 새순에 몰려드는 진딧물을 볼 수밖에 없다. 한그루의 무궁화나무라도 제대로 성장시키는 것이 선행되어야 할 것이다.

옛날 신라와 고려는 중국에 보내는 국서에 근화향槿花鄕이라 하였고 중국에서는 우리나라를 근역槿域 또는 근화향이라 불러온 흔적들이 문헌에 기록으로 남아 있다.

과거에 급제한 이들에게 어사화御賜花를, 궁중 연회에 신하들 사모에 꽂은 꽃을 진찬화進饌花라 하는데 이 꽃들이 모두 무궁화 조화였던 점을 보아 옛 시절부터 무궁화는 나라꽃으로 존귀하게 여겨왔음도 알 수 있다.

무궁화를 나라꽃으로 지정하기 오래전부터 선조들이 나라를 상징하는 꽃으로 사랑해 왔음도 간과해서는 안 될 것이다.

지금도 정부를 뜻하는 표상으로 무궁화를 도안하여 사용하고 있고 국기봉에도 무궁화 봉오리를 상징적으로 보이게 하여 제작하였다. 정신적으로 받드는 무궁화를 국가기관의 뜰이나 정원에서도 보기 어렵고, 국가가 관리하는 공원에서조차 기피하는 정원수가 되었으니 한심한 일이다.

무궁화나무가 가지고 있는 취약점을 보완하기 위하여 근자에는 개량을 위해 연구를 하고 다수의 개량종을 만들기도 했다고 하니 이제부터라도 무궁화나무 보급에 힘쓰고 보기 좋은 자리에 심어 크게 자라게 해서 피고 지는 꽃을 계속해서 감상할 수 있었으면 한다.

그리고 가장 멋스럽게 개량한 무궁화를 널리 보급하여 나라꽃을 더 이상 방치하는 일이 없었으면 한다. 무궁화는 한 해 동안 사오천 송이의 꽃이 피는데 꽃을 찬찬히 들여다보고 있노라면 절로 감탄의 탄성이 나온다. 봄꽃 중 무더기로 핀 개나리나 벚꽃처럼 화려하지는 않아도 우아하고 소박한 멋을 지닌 꽃이 무궁화다.

꽃받침 둘레의 붉은색이 바깥쪽을 향하여 부챗살 모양의 줄들이 뻗어 나간 멋스러움과 그것을 일편단심의 충성으로 해석한 것도 또한 애국심의 발로일 것이다.

　이제 진딧물에 강한 나무품종과 교배해서 신품종도 나왔다고 하니 진딧물 걱정은 하지 않아도 된다. 나라꽃 무궁화를 잘 키워서 어디를 가던지 볼 수 있는 나라꽃으로 만들었으면 한다. ✿

싸리나무와 조팝나무

봄이면 흰 꽃이 산야에 무리져서 피는 나무가 있다. 크지도 않고 가느다란 줄기가 모여 무리 지어 성장한다. 그러다 4, 5월이면 작은 꽃송이가 새 순으로 자란 곳에서 줄줄이 피어 구름처럼 풍성하고 화려하지는 않아도 흰색이 예쁘게 주변을 장식한다. 도심에서 관상수로 흔히 볼 수 있는 나무다.

아파트나 공원 등에 경계선 울타리로 심어 놓은 곳이 많다. 도심 공간에 심어져서 많은 사람의 시선을 모으는 흰 꽃이 예쁘다. 이 꽃의 이름을 싸리꽃이라고 흔히 부른다. 그런데 사실은 이 나무의 이름은 조팝나무이다.

정확한 나무 이름을 모르고 부르던 것이 그대로 굳어진 탓으로 그렇게 부르게 된 것 같다. 자연과 더불어 사는 농촌 사람들도 싸리 꽃이라고 부르는 이들이 많다. 나도 또한 조팝나무라는 이름을 몰랐을 때는 싸리나무로 알고 있었고 그렇게 불렀다.

꽃이 피기 전에는 별 관심을 끌지 못하는 나무이기도 하다.

가느다란 줄기가 억세 보이고 잎도 작고 시선을 끌만한 조건이 아무것도 없는 잡목일 뿐이다. 그런데 흰 꽃이 모여 자란 새순 가지마다 한 덩어리로 필 때면 감탄이 절로 나오게 한다.

초봄을 갓 지난 4, 5월에 피기 때문에 흰색의 환한 꽃치레는 시선을 모으기에 충분하다. 조팝나무의 새순을 따서 나물로 먹기도 한다는데 아직 먹어 본 일은 없다. 줄기는 볼품없지만 꽃피는 계절에는 예쁘기 그지없는 나무이기도 하다.

조팝나무가 아닌 우리가 흔히 쓰는 이름의 싸리나무도 산천에 지천으로 자생하는 줄기가 곧고 가늘게 자라는 나무다. 조팝나무는 곧은 줄기에 곁가지가 많지 않은데 싸리나무는 잔가지들이 많아서 더부룩하게 성장하여 주변을 뒤덮듯이 왕성하게 자란다.

어느 봄날 공원에서 솜사탕 같은 꽃이 탐스럽게 피어있는 조팝나무 꽃을 구경하며 옛 추억에 빠져있는데 고등학생들이 담소하며 이 꽃 이름이 뭐냐고 한 학생이 묻자 옆에 있던 학생이 싸리꽃이라고 했다.

그런데 옆의 학생이 "아니야 조팝나무야"라고 말한다.

"그래! 우리 아버지는 싸리 꽃이라고 하던데 그럼 품종이 다른가." 하고 의아해하는 눈치다.

많은 사람이 조팝나무라는 이름보다 싸리나무로 잘못 인식하고 있다는 것을 그 학생들의 대화에서도 잘 나타내주고 있다.

조팝나무와 싸리나무는 확실히 다른 나무다. 조팝나무는 뻣뻣하게 일자로 자라며 곁가지가 많지 않다. 뿌리를 따라 새순이 뻗어 나와 주변 공간을 잠식하며 무더기로 자란다.

울타리형으로 조경에 쓰이는 것도 그 나무의 습성을 고려하여 안배한 것이리라. 녹색이 부족한 도심에 파란 잎을 볼 수도 있고 고결해 보이는 흰색의 꽃도 볼 수 있어 잘 선택된 것이라고 생각된다.

싸리나무는 조팝나무와 달리 뻣뻣하게 일자로 자라기는 하지만 가지가 무성한 까닭으로 휘어져 뒤엉켜 있으며 여름의 끝자락 8. 9월이 되면 아주 작은 자홍색의 꽃이 피는 것이 다르다. 가지의 옆 액에서 앙증스러운 자홍색 꽃이 잎 사이에서 살짝 보이며 전체적으로는 보라색의 예쁜 꽃이 피는 것이 인상적이다.

조팝나무와 싸리나무는 차나 약재로도 사용되고 각종 생활 용구 제작에 재료가 되기도 한다. 싸리나무를 베어다 엮어 울타리도 만들고 소쿠리나 지게에 얹는 바소쿠리와 빗자루도 만든다. 농촌에서는 꽤 쓸모가 있던 나무였다.

요즘은 농촌에도 주거 환경과 생활양식이 달라져서 싸리나무를 재료로 만드는 농기구들이나 생활용품들이 없어졌지만 내가 어릴 때만 해도 요긴하게 쓰였다.

산야에 흔하디흔한 가느다란 잡목으로 시선을 끌지는 못하지만 자기 역할은 다 하는 나무들이었다.

내가 어렸을 때는 이른 아침 시골집 앞마당과 바깥마당을 깨끗이 쓸어내는 쓰레질은 아이들 몫으로 부모님들이 분담해주는 일거리였다.

잠자리에서 일어나 넓은 마당을 쓸고 나면 아침 해가 싱그럽고 기분도 좋았고 어른들이 웃으며 칭찬하는 말씀에 기분도 좋았던 기억도 새롭다.

조팝나무와 싸리나무는 빗자루 만드는 나무로도 제격이었다. 도시 생활 속에서는 이 나무 빗자루가 별로 쓰임새가 없어 구경할 수 없는 물건이지만 시골에서는 긴요한 생활의 도구가 된 때도 있었다.

지금은 대용품들이 다양하게 만들어져 사용되지만 옛날에는 가을이면 싸리나무를 잘라다가 여러 개의 빗자루를 만들어 보관하고 일 년 내내 사용했던 생활의 도구이기도 했다.

조팝나무와 싸리나무가 무진장이던 고향 산천이 그립다.

한순간 지나가는 자연 속 추억들이지만 꽃도 보고 생활의 이기로도 사용했던 친환경적인 생활도구들을 만들어 사용했던 나의 어린 시절은 그리운 추억도 많다.

댕댕이덩굴 거둬다가 바구니를 만들던 할머니의 손길이 그립고 원추리꽃을 따다가 반찬으로 버무려 내놓던 어머니의 따뜻한 손길들도 그립기만 하다.

자연과 하나 되었던 우리 나이 때의 사람들은 농촌의 순박한 정서 속에서 자연을 벗하며 그 속에서 얻어진 물건들을 이용하는 질박한 생활도구들까지 직접 만들어 써왔던 그 날의 추억들이 그립기만 하다. ✿

2 변하는 세상만사

낙엽 쌓인 길을 동행 없이 혼자서 천천
히 걷는다.
외로운 사색으로 절망의 그림자가 길게
보인다.
젊은 날 과장된 고독에 눈물 보이는 사
치스러운 슬픔이 아니고 온몸으로 찾아
드는 짙은 고뇌가 엄습하는 깊은 고독의
아픔이다.
고독에 절망한 분노한 주름진 얼굴에는
핏기조차 없다.
진정 외로움에 몸부림치는 백발의 아픔
이, 스쳐 가는 바람에 힘없이 무너지고
그 고독의 걸음 속에 아픔만이 쌓여간다.

— 「오늘의 자화상」 중에서

오늘의 자화상

낙엽 쌓인 길을 동행 없이 혼자서 천천히 걷는다.

외로운 사색으로 절망의 그림자가 길게 보인다.

젊은 날 과장된 고독에 눈물 보이는 사치스러운 슬픔이 아니고 온몸으로 찾아드는 짙은 고뇌가 엄습하는 깊은 고독의 아픔이다.

고독에 절망한 분노한 주름진 얼굴에는 핏기조차 없다.

진정 외로움에 몸부림치는 백발의 아픔이, 스쳐 가는 바람에 힘없이 무너지고 그 고독의 걸음 속에 아픔만이 쌓여간다.

삶의 애착도 힘없고 궁색함에 함몰되고 꿈마저 산산 조각나는 분노가 스틸너스stillness에 파묻혀 버린다. 누구도 그의 내부에서 몸부림치며 아파하는 그리프grief를 이해하며 안타까워 해줄 인정은 아무 곳에도 없고 그 큰 슬픔을 상상해 줄 사람도 없다.

동행하며 쌓아온 정들은 이제 벽에 부딪혀 갈 곳을 잃어 고뇌하고 그 많은 추억은 승화된 아픔이 되어 가슴에 쌓일 뿐이다.

허리 굽고 힘없는 다리에 무거운 짐만 실려 황량한 험로를 외롭고 쓸쓸히 가야 하는 그곳, 고난의 언덕은 높기만 하다. 가다 쉬고 또 가다 쉬면서 이르는 곳은 미지의 곳일 뿐 아는 이 아무도 없다.

이 세상에서 가장 사랑했고 아껴왔던 가족 친지들과 마지막 남은 영원한 별리別離를 손짓으로 희미하게 사랑을 담아 흔들고 서러운 몸짓으로 안타까워한다.

주변 상황들 모두 접어 버리고 지난 세월 추회追懷 속에서 찾을 뿐 사회적 활동을 철회한 지는 꽤 오래전이다.

누구도 관심 가져 주는 이 없이 외로운 철길에 처방되었을 뿐 기력 넘치던 화려했던 날들은 모두 떠나가고 말았다.

환희와 함성이 있었던 날들은 이제 어디에도 찾을 수 없다.

메마른 나뭇가지에 손을 얹어 힘겹게 의지하며 먼 곳에 초점을 맞춘다.

살아온 날 나이테처럼 쌓이고 비애悲哀에 눈물이 고여서 서러워진다.

누구에게 상실에 대한 원망을 쏟아 부을 수도 없다.

그저 지나가는 바람처럼 허허로운 심정으로 천지 만물을 바라다볼 수밖에 없고 할 수 있는 일이란 주변에 아무것도 없다.

처방된 황혼은 정해진 인생길이니 어찌할 수 없는 일이다.

높은 하늘에 한 점 구름이 떠 있듯 그대의 가슴속에 떠다니는 고독을 고함쳐 외쳐라. 아무도 들어 주는 이 없어도 상관 할 바 아니다.

차라리 고독해지고 싶은 심리적 갈등에 기대지 말고 철저히 고독해져 봐라.

쓰라림을 모르는 철부지들의 응석 같은 아픔이 아니라 심장 저 깊이에서 뛰쳐나오는 슬픔 아닌 고독은 진정한 고독이 아니다.

담벼락을 기대어 슬픔인양 허위적 대지 말고 자신을 향한 철저한 항변으로 자신이 자신에게 살아온 일을 답할 의무와 책임이 있음도 알라.

세상 이치는 남을 탓할 만큼 관용을 베풀어 주지 않는다.

붉은 담쟁이넝쿨은 아무리 높은 벽도 혼자 힘으로 기어오르고 있을 뿐 누구 도움도 바라지 않는다. 오직 벽면의 구조를 이용할 뿐이다.

외롭다고 원망하지 말고 남은 생의 고통이 있다고 슬퍼하지 말고 인정해 주는 이 없다고 분노하지도 말라. 그것이 노목처럼 묵묵히 나이테를 쌓아 가는 길이다.

쏘셜 아이솔레이션social isolation은 어쩔 수 없는 노인의 숙명이니 원망하지 마라. 잃어버린 사회의 나이테 속에서 고립은 어쩔 수 없는 일일 뿐, 새로운 분노나 의기로 이겨 낼 수 있는 것이 아니기 때문이다.

그러나 마지막까지 소외와 자존自存 자족감自足感은 별개다.

자기 비하도 하지 말고 인간관계의 단절로 생기는 상실감은 스스로 인내하는 외엔 별도리가 없으니 바람처럼 지나칠 수밖에 없음을 알아야 한다.

솔리튜드solitude란 말은 즐거운 고독을 의미한다고 하지 않던가. 그런데 즐거운 고독도 정말 있는 것인지는 알 수가 없다. 진정한 고독의 아픔을 모르는 사람들이 하는 사치에 불과 한 말일 뿐이다. 노인들의 아픔이나 외로움을 깊이 생각해 보지도 않고 떠들어 대는 헛소리에 불과하다.

나이가 드는 것은 원초적 자연 섭리일 뿐이다. 누구도 거부할 수 없다.

똑같은 과정을 밟아 갈 젊은이들이 훗날을 예기치 못하고 큰소리치는 것은 바보스러운 자만이고 딱한 일일 뿐이다.

모든 것을 상실하고 고독해지는 것은 인간 삶의 한계임을 알고 넉넉한 여유로 스스로 일깨워 가는 삶을 살아야 한다. ✿

교회와 십자가

십자가는 천주교나 개신교 모두가 모시고 있다.

그리스도를 신앙하는 상징이기 때문에 교회 건물에는 십자가가 보인다.

우리나라에 교회가 얼마나 많은지 모르지만, 도시에서는 흔히 볼 수 있는 십자가가 세워진 건물이 수도 없이 많다.

교회 건물마다 세워진 십자가는 고대 동방에서 죄인을 처형 할 때 양 팔과 발목에 못을 박아 처형했던 가혹한 형구였다. 그것이 로마제국으로 들어와 사용되었고 예수가 이 틀에서 죽임을 당하자 상징적으로 신앙하는 제단으로 승화시켰다.

가톨릭에서는 못 박힌 고상苦像 십자가를 사용하고 개신교는 단순한 나무 십자가를 벽에 걸어 놓고 모신다. 나는 무신론자도 아니고 유신론자도 아니다.

그런데도 가톨릭 신부나 수녀들, 개신교의 목회자들에 대한 성스럽고 숭고한 이미지를 언제부터인가 가지게 되어 교회에 대한 인상이 좋다. 무엇인가 초월하고 거룩하게 살아가는 종교인에 대한 호의와 존경이라고 생각된다.

얼마 전 신부가 된 제자와 목사가 된 제자를 만나 세상 돌아가는 이야기를 나눈 적이 있었다. 신부가 된 제자는 모범생으로 성적도 상위권에 있었고 가톨릭에 대한 신앙도 학생 때부터 남달랐다.

목사가 된 제자는 이와 달리 성격이 활달하고 많은 친구와 어울리며 폭넓게 학교생활을 했던 좀 튀는 학생이었다.

그래서 그런지 지금도 신부가 된 제자는 성직 활동도 조용한 가운데 행하는 것 같았고 목사가 된 제자는 개척교회를 크게 성공시켰고 부흥 목사로 각광받는 활동적인 목회 활동을 하고 있다.

두 사람 모두 훌륭한 목회자가 되어 활동하는 것이 자랑스러웠다.

"선생님도 이제 성당이든 교회든 나오시죠."

두 사람의 권유도 있고 평소에 교회에 대한 좋은 이미지도 있고 해서 많은 생각을 했다. 그러나 마음에 걸리는 것이 있어서 아직도 교인이 되는 것은 결론을 내리지 못한 채 머무르고 있다.

내가 성직자들을 우러러보는 것은 종교적 관점에서지 성직자를 보통 사람의 위치에 놓고 존경하거나 우러러보는 것이 아니기 때문에 그분들의 설교나 주장을 소화하고 받아들이게 될지는 의문이 생기기 때문이다.

신부나 목사의 종교적 지도는 따를 수 있지만, 기타 사회문제를 그들의 색깔로 교인들에게 채색하려 든다면 성격상 받아들이기 어렵고 반발이 커질 것이라는 문제로 교인이 되는 결론은 유보하고 있다.

심심치 않게 뉴스가 되곤 하는 천주교 정의구현사제단과 같은 성향의 목회자가 천주교나 개신교에 일부 있음을 알고 있기 때문에 교회에 갔다가 실망하면 그동안 좋은 이미지나서 망가실까 봐 결론이 어렵다.

목회자는 어디까지나 종교적 지도자의 틀에서 종교의 가르침을 교인에게 인도하는 위치에 서야 한다고 믿는다. 숭고하며 거룩한 모습으로 교리의 참뜻을 전파하고 올바른 삶을 살도록 이끄는 귀한 모습이 본연의 의무라고 생각된다.

나에게는 정의구현사제단의 정치적 개입은 옳고 그름을 떠나서 그들의 몫이 아니라는 신념이 있기 때문에 용납이 되지 않는다. 그런데 더군다나 종북과 좌 편향된 종교지도자들의 행위는 더더욱 볼 수가 없다.

그들의 과거 업적이 어떻든 이제는 민주화가 되었고 경제 강국으로 자리매김해 가는 조국을 폄훼하는 것은 있을 수 없는 일이라고 믿는다.

2008년 서울광장에서 정의구현사제단이 민주노총과 전교조 일부 시민을 이끌고 촛불 시위행진을 한 일이 있다. 있지도 않은 광우병을 빙자한 반미反美 시위를 선동 부추기는 행위에 실망을 느꼈다. 얼마나 큰 사회적 혼란을 야기했던가를 생각하면 지금도 걱정스럽다.

시위를 선동하고 부추기는 종교인은 종교지도자의 자격이 없는 것이 아닐까 하는 생각이 든다. 종교와 정치는 분리되어야 한다는 원칙 하에서도 정의구현사제단은 반성이 필요하다고 본다.

정치인이 되고 싶다면 성직자의 성스러운 제의祭衣를 벗어던지고 일반인이 되어 정견을 떳떳이 밝히고 행동에 나서야 할 것이다. 북한 주민에 대한 폭압 정치는 눈감고 말 한마디 안하면서 국가의 공권력을 무력화시키는 종북 좌파적 발상은 버려야 한다.

정의 구현 사제단의 일탈을 보다 못한 천주교 평신도회에서 낸 성명을 보면 그들의 잘못된 진상을 알만하다.

"정의구현사제단을 차라리 불의不義구현사제단이라 불러라"고 하며 비판과 냉소적인 성명을 발표했다. 얼마나 안타까우면 이런 말이 나올까 생각해 볼 일이다. 사회의 혼란한 문제가 발생했을 때 종교지도자들이 앞장서지 않아도 매스컴과 사회시민단체 등 비판과 제안을 내놓을 수 있는 사람들은 수없이 많다.

본연의 업무를 내팽개치고 거리로 나와 선동과 부화뇌동附和雷同을 일삼는 일은 없어야 한다. 교회에 갔다가 정치설교나 듣지 않을는지 목회자의 편견으로 마음 상하는 일은 없을까 하는 망설임도 있어 교회 나가는 일은 쉽게 결론 내리기가 어렵다.

지나친 우려라고 비웃을 사람도 있겠지만 자기가 해야 할 일이 아닌 것에 정신을 파는 것은 다른 사람은 몰라도 종교지도자는 절대로 안 된다는 생각에 변함이 없다.

불법 방북 후 귀국하면서 영웅인 척하는 종교인 등도 보았고 그래서 조심스럽기만 하다.

목회자는 거룩하고 숭고한 사랑의 이미지를 간직하고 인간의 허약한 영혼을 어루만질 수 있는 성직이 필요하다고 생각된다. 🌸

상전벽해 桑田碧海

우리나라는 전쟁의 폐허 속에서 50년 만에 경제적 성공과 민주화를 동시에 이뤄냈다. 그래서 관심 있는 세계의 지식인들은 '한강의 기적'이라고 칭송하여 부른다.

우리는 1950년대까지만 해도 먹고 사는 문제가 심각했다. 보릿고개라고 해서 이웃 중에는 때를 거르는 가정도 허다했다. 가난은 대물림으로 이어졌고 살길을 찾아 해외 이민을 가는 사람들도 많았다.

그런데 이제는 세계 10대 경제대국이 되어 많은 나라의 부러움을 사고 있고 우리나라의 발전 비결을 배우기 위해 노력하는 저개발도상국들도 많이 생겼다. 경제와 과학 분야뿐만 아니라 민주국가로의 발전도 한국의 위상을 높여 세계의 모범국가의 모델로 대접받는 실정이다. 가슴 벅차오르는 자랑과 기쁨이 아닐 수 없다.

2013년 9월 데이비드 캐머런 영국 총리가 세계 76개국 천여 명이 모인 국제회의에서 '경제 강국 한국, 등불 같은 존재'라며 개방적인 경제 발전 전략을 언급했다고 뉴스 매체들이 소개했다.

같은 날 미국 오바마 대통령도 전 세계를 상대로 투자 유치에 나선 연설을 통해 '한국 삼성전자(약 4조 2400억 원)'처럼 미국에 투자해 달라고 삼성그룹을 공개적으로 언급해 우리를 자랑스럽게 만들었다. 감개무량하고 가슴 뿌듯한 기쁜 소식이다.

가난에 찌들어 UN의 무상원조를 받아왔던 나라가 이제는 세계의 저개발 어려운 나라들에 도움을 주는 모습으로 변신 국제적 위상이 높아졌음을 보여주는 실례들이 이곳저곳에서 나타나고 있다.

5십여 년 전에는 먹고 사는 문제가 해결되지 않아 해외로 이민 가는 가구들이 많았고 그것을 부러워했던 가정도 많았다. 빈곤의 슬픔 속에서 UN의 원조를 학수고대하며 기다렸던 때도 있었다.

1960년 초반까지만 해도 우리나라는 세계에서 최빈국으로 1인당 GNP 87달러밖에 안 되는 살기 어려운 나라였다.

1963년 8월 독일에서 일할 광부 모집 광고가 신문에 실리자 까다롭고도 어려운 취업조건임에도 수많은 젊은이가 모여들었다. 당시 독일 광부의 월급으로 제시된 것은 600마르크(180달러)로 국내 평균임금의 6~7배에 달하는 것이었다.

일 할 조건이 어떻든 몇 년 고생으로 인생을 바꿔놓을 좋은 기회라 생각했기에 십 대 일의 경쟁을 뚫고 집단 취업하여 독일로 떠나는 그들을 부러워했던 당시의 상황은 우리나라 경제사정을 단적으로 보여 주는 실례라 할 수 있다. 독일 광부 취업자 중 23%가 대학 졸업자였다는 사실이 시사하고 있는 바도 크다. 어떤 수모와 고통이 뒤따르더라도 가난에서 벗어나고자 하는 열망이 그만큼 컸다는 이유다.

당시 한국은 광부 취업자와 간호사 취업자들의 봉급을 담보로 차관을 빌려왔고 그 돈으로 국가 기간산업을 확충하면서 수출을 늘렸고 빈곤에서 조금씩 벗어나는 계기를 만들어 오늘의 경제대국의 큰 결실을 얻어내게 되었다.

그런데 요즈음은 세계도처의 저개발 빈곤국가 젊은이들이 한국으로 일자리를 찾아오는 것은 우리가 독일 광부로 취업 갔던 것과 같은 맥락이다.

코리아 드림을 안고 우리나라로 몰려오는 노동자들을 보고 있노라면 지난날 아메리카 드림을 이루기 위해 낯선 땅으로 이주해 갔던 시대의 아픔을 떠올리게 되곤 한다.

우리는 이제 세계 10대 경제대국이 되어 아팠던 과거를 뒤로하고 빈곤 국가를 돕는 UN 산하 OECD 개발원조위원회 정식 회원국이 되어 어려운 저개발 국가들을 돕는 일에 힘쓰게 되었다. 원조를 받는 나라에서 도움을 주는 나라로 위상이 높아진 것은 당연한 일이다.

이와 같은 50년 만의 쾌거는 전 세계에서 유일무이한 일로 자랑스러움이 아닐 수 없다. 현재까지 한국국제협력단의 지원으로 저개발국에 건설된 병원과 학교 수가 170여 개에 이르고 코이카 활동 20년 동안 해외에 파견한 봉사단원만도 7천여 명이 넘는다.

뿐만 아니라 세계 개도국 정부들이 한국의 경제와 과학기술을 배우기 위해 파견한 공무원과 전문가들이 현재까지 92개국 4만 7천 명이 교육을 받고 갔다.

특히 동남아, 아프리카 등 저개발 빈곤 국가들이 새마을 운동을 배우고 돌아가 자국의 의식개혁운동을 실천하고 있고 그 성공 사례들이 알려지면서 지금도 이 운동의 확산이 빠르게 보급되고 있는 것도 우리의 자랑거리임에 틀림없다.

50여 년 전 우리의 새마을운동은 농가소득 배가 운동으로 시작해서 성공을 거둠에 따라 국민 의식개혁운동으로까지 확산 성공을 거두었다.

새마을운동을 배워 간 저개발 국가들도 우리처럼 성공을 거두는 영광이 있었으면 좋겠다.

한국의 위상이 높아지고 경제적 부를 누리게 됨에 따라 우리나라로 몰려든 외국인 노동자와 유학생 결혼 이민자 등 1백10만 명이 살고 있다. 대단한 변화임이 틀림없다.

한국의 위상이 높아지다 보니 한국어의 필요가 늘어나는 것은 당연하다. 세계 도처에서 한국어 배우기 열풍이 일고 있다는 것은 또 하나 우리의 자랑거리가 되었다. 해외 공관에서는 한국어 배우기를 원하는 현지인들이 많아져 즐거우면서도 자리 마련에 어려움도 겪는다고 한다.

재외동포와 우리말을 원하는 이들을 위하여 해마다 실시하고 있는 한국어 능력평가 시험이 32회 째가 된다. 올해는 세계 47개국 178개 시험장에서 일제히 시행되어 그 힘을 과시하는 바가 되었다.

한국은 경제적으로만 성공한 나라가 아니라 민주국가로의 발전도 크게 성공했고 문화면에서도 크게 발전하여 세계 사람들에게 문화 예술에 대한 긍정적 평가도 받고 있다.

가족애를 다룬 드라마로부터 K-POP, 음식문화, 정의 문화까지 사랑을 받고 있다. 세계도처에서 한류에 열광하는 사람들이 늘어나고 있는 것도 우리의 자랑이다. 이제는 좁은 틀에서 벗어나 세계화된 일류국민으로 살 수 있게 되었음을 자각하고 격에 맞는 국민으로서의 품위도 갖췄으면 한다.

상전벽해桑田碧海라는 말이 실감 나는 우리의 현실이다. (2013. 10)

공항의 이별 이미지

과거 우리 공항은 이별 이미지가 강했다.

눈물 흘리고 묵묵히 고개 숙인 외롭고 쓸쓸한 모습들, 손을 흔들고 뒤돌아서서 천천히 사라져 가는 아픈 정감의 색깔들과 창공 높이 날아오르는 여객기의 영상이 가슴을 무겁게 짓눌러 오는 것들이었다.

문학 작품이나 멜로영화 슬픈 노래 가사에서 이별의 슬픔을 극대화하기 위한 소재로 공항을 등장시킨 예들이 많기 때문일 것이다.

공항은 만남과 헤어짐이 있는 곳이고 만남의 기쁜 장소로 보다 헤어지는 슬픔의 장소로 이미지를 각인시켰기 때문에 공항은 늘 아픔이 있는 곳으로 인식되었다.

경제사정이 어려웠던 우리나라에서 살기 힘들어 먼 이국땅으로 이민을 갈 때 눈물로 헤어지던 곳이 공항이었고 유럽이나 열사의 땅 중동으로 일하러 가는 가족을 환송하며 안쓰러워 한 곳도 공항이었다.

넉넉하지 못한 유학비용을 넣어 주며 부모님들이 가슴 아파하던 곳도 공항이었고 어렵던 시대 국민들의 출국 애환이 고스란히 담겨 있는 곳이 공항이었다.

금의환향으로 돌아오는 기쁨보다 실의에 담겨 고국을 떠나는 아픔이 많았던 장소가 공항의 모습이었다.

문학예술 작품 등에서는 심리적 갈등 해결을 위한 도피의 장소로 쓰였고 창공으로 높이 떠올라 사라지는 비행기의 모습으로 눈물 나게 했다.

공항은 지금처럼 여행 출국으로 기쁨과 설렘의 추억이 가득한 곳이 아니라 가슴 쓰리고 헤어짐의 아픔을 감내하며 무거운 발걸음을 옮기는 장소였다.

그런데 지금은 그 이미지가 백팔십도 달라졌다. 흐뭇한 반전이다. 인천 국제공항은 지금 어디에도 슬픈 이미지는 없다. 활기 넘치고 인종시장 같은 각양각색의 모양을 한 사람들이 분주하게 움직이는 생동감 넘치는 곳이 되었다. 가난하고 의기소침했던 시대의 서글픈 잔상은 어디에도 없다.

당당한 제복의 멋진 항공 관계자와 승무원들, 면세점에 쌓여 있는 풍부한 물건들이 유혹하고 관광객들의 환한 웃음으로 즐거움 넘치는 장소가 되어 공항은 언제나 북새통이다.

여러 나라 승무원들의 제복이 눈길을 끌고 금발과 파란 눈의 서양인들이 낯설지 않은 공항으로 완전히 변한 모습이다. 당당함과 자신감이 넘쳐나는 우리나라 공항관리자들의 친절과 여유가 멋스러운 곳이다.

옛날 어둡고 슬펐던 공항의 이미지는 사라지고 희망만 넘쳐 나는 공항이 되었으니 그동안의 아픔들은 이제 잊어도 될 것이다.

인천국제공항은 연간 약 41만 회의 항공기 운항으로 4,400만 명의 여객을 운송하며 450만 톤의 화물을 처리할 수 있는 현대적인 국제공항이 되었다.

우리 항공은 아시아 미주 유럽 아프리카 중동 오세아니아 등 총 60개국 170개 도시에 취항하고 있는 것이 오늘날 우리의 공항 모습이다.

3~4분에 1대씩 각종 항공기가 뜨고 내리는 인천국제공항의 모습은 격세지감을 느끼게 하는 것이 사실이다. 지금도 허브공항Hub airport이 되기 위한 노력을 계속하고 있다.

인천국제공항은 여행객을 위한 편의 시설을 다양화하여 여행객들의 만족도가 매우 높은 공항이 되었다.

국제항공협의회가 실시하는 공항서비스 평가에서 2004년부터 5년 연속 세계 1위 최우수 항공으로 선정되었고 2006년부터 6년 연속 미국 여행전문지 글로벌 트래블러Global Traveler가 선정한 세계 최고 공항 상을 수상 한 바도 있다.

3~40년 전 보잘것없던 김포 공항의 모습을 상상하는 나이 든 사람들에게는 우리의 대문과 같은 공항의 변화와 나라의 위상에 새삼 자랑스러움을 느낄 것이다.

이별로 눈물 나는 공항 이미지에서 자랑스러움과 희망을 볼 수 있는 활기 넘치는 이미지에 행복을 느낀다.

달러를 벌기 위해 탄광으로 가야 했고 고된 간호사의 일을 마다치 않앉으며 열사의 건설현장과 전쟁에 참가라는 목숨 건 출국장이 되기도 했던 슬픈 공항이 이제는 즐거운 여행을 위한 멋진 공항이 되었으니 환한 웃음을 보일 수 있게 되었다.

어디에서도 그늘진 모습을 볼 수 없고 자신에 찬 여행자들의 행복하고 즐거운 모습만 보일 뿐이다. 간편한 여행복 차림의 젊은이들이 배낭여행을 떠나는지 백을 둘러메고 있는 자신만만한 모습에서는 옛날 어두웠던 우리들의 젊은 시절과는 너무 달라 놀랄 정도다.

외국 여행을 위하여 1년이면 우리 국민 천삼백만 명 이상이 출국하는 것으로 알려졌다. 그러니 옛날 공항의 이별 이미지는 추억일 뿐이다.

자랑스러운 조국의 변화에 박수갈채를 보낸다. 🌸

언어 파괴와 외래어

문자와 언어는 동일한 뜻을 상대에게 알리는 기호나 소리로서 우리가 사용하는 문자와 언어가 뜻하는 바가 같다는 의미다.

음성언어와 문자언어는 똑같은 의미를 부여하고 있어 음성과 문자 어떤 것으로든 의사전달이 가능하게 하는 인류 최고의 창작물이다.

말의 소리를 담아내는 그릇이 문자다. 그릇에 담겨질 음식보다 그것을 담을 수 있는 예쁜 그릇만 선호한다면 영양실조에 걸려 병을 얻게 된다.

예쁜 그릇에 담기는 음식을 더욱 영양가 있고 맛도 좋은 음식으로 만든다면 그릇과 음식은 혼연일체가 되어 최고의 가치를 창출할 수 있다.

우리 문자가 세계에서 최고로 인정받는다는 것은 우리 국민이라면 누구나 자랑스러워하고 긍지와 자부심까지 느낄 만하다.

우리 문자는 체계적인 과학을 바탕으로 만들어진 글자라 외국 사람을 포함 누구도 정신 차려 배우려는 생각만 갖는다면 몇 시간이면 읽고 쓰기는 깨우칠 수 있는 최고의 과학적 음운音韻 글자다.

그런데 우리말은 외국에서 들어 온 외래어에 파괴되고 있는 것이 현실이다. 여기에는 여러 가지 사회적 상황들이 만들어 낸, 설명하기 쉽지 않은 의미들이 있을 수도 있을 것이다.

2013년 10월 9일 한글날 동아일보 3면에 올린 기사를 살펴보면서 우리말파괴의 심각성을 보고 반성의 기회가 만들어져야겠다는 생각에서 옮겨 적어 본다.

"사이드 쉐입을 고려해서 플랜을 플렉서블하게, 레벨을 풍성하게 하고, 이 박시한 쉐입에 리듬감을 부여해서 주변 랜드스케입을"--(엄태용)

"근데 왜 죄다 영어야? 영어마을 짓니?--(한가인) -중략-

지난해 인기를 모은 영화 '건축학 개론' 속 대화다.

"이번 스프링 시즌의 릴렉스한 위크앤드, 블루톤이 가미된 시크하고 큐트한 원피스는 로맨스를 꿈꾸는 당신의 머스트해브"-중략-

얼마 전 인터넷과 소셜네트워크서비스(SNS)에서 화제가 된 '보그(패션잡지)병신체'의 사례다. -중략-

회사에서 상사와 부하직원은 이런 말을 주고받는다.

"오퍼레이션 로스의 파서빌리티가 있으니까 리포트해"-중략-

"나의 텔로스는 리좀처럼 뻗어나가는 나의 시니피앙이 그 시니피에와 디페랑스 되지 않게 함으로써 그것을 주이상스의 대상이 되지 않게

컨트롤하는 것이다." -중략-

위에서 한 대화를 우리 언어라고 말할 수 있을지 의문이다.

언어 파괴의 문장을 우리의 일상 언어로 바꿔 보면 이런 말이 되지 않을까 생각된다.

"옆 형태를 고려해서 계획을 신축성 있게 하고 그 정도를 풍성하고 사랑스러운 리듬감을 부여해서 주변 풍경을--"

"편안한 봄날 주말, 푸른색의 세련되고 귀여운 원피스는 사랑을 꿈꾸는 당신의 필수품……."

"운영자의 손실이 생길 수 있으니 점검해서 보고해"

"나의 청동거인은 땅속 줄기처럼 뻗어나가는 나의 물체의 형상을 다르게 표현하는 그 대상 자체와 차별되지 않게 함으로써 그것을 향유의 대상이 되지 않게 통제하는 것이다."(이런 해석이 맞는 것인지는 나도 모른다.)

알아듣기 쉽고 낱말에서 풍기는 의미 이상의 정감을 느낄 수 있는 곱고 아름다운 말을 제쳐놓고 뜻도 전달되지 않는 언어를 사용한다는 것은 자제되어야 할 것이다.

만연된 외래어의 홍수가 우리 언어가 가지고 있는 정서와 의미를 마비시키고 뜻의 전달도 되지 않는 외계어는 절제된 가운데서 써야 할 것이다.

언어는 문화 속에 살아서 생성 사멸할 수 있는 것이기에 필요에 따라 외국어 낱말을 동원하여 쓸 수도 있고 학술적 용어나 우리말로 해석해서 쓸 만한 낱말이 없을 때 외국어를 차용하여 쓰는 것은 당연하다.

현대 사회가 급속도로 변화하고 지식이 폭발적으로 증가하는 시대에서 외래어를 쓰지 말라는 것은 억지일지도 모른다. 더욱이 현대 사회는 지구촌 시대이기에 문화가 급속도로 전파되고 문물 교환이 빠르게 진행된다. 그래서 생기는 언어적 혼재는 어쩔 수 없는 일일 수도 있다.

그러므로 세계적으로 폭넓게 사용되는 전문용어나 우리말로 바꾸기 어려운 낱말들의 이용은 문제를 제기할 수 없지만, 필요 이상으로 과시를 위한 외래어 차용은 우리 언어를 파괴하는 주범이므로 제도적 선도와 사용을 자제해야 옳으리라 본다.

전 세계의 인문 사회 과학 문명이 급속도로 변화 발전함에 따라 새롭게 파생되어 나오는 지식들을 받아들이면서 생산되는 언어들을 우리말화할 수 있도록 연구가 필요하다면 심의기구는 필수일 것 같다.

학교에서 언어순화운동을 펼치는 것도 필요하고 신문 방송 등에서 우리 말 바로하기운동을 전개하는 것도 좋을 것 같다.

글쓰기를 업으로 하는 문학 작가들과 예술인들이 앞장서는 것은 당연하리라 본다. ❀

동대문행 전차

내가 고등학교 다니던 때는 서울에 전차가 대중교통 수단으로 서울 사람들의 발이 되었다. 시내버스가 있기는 했지만 등하굣길은 전차 회수권을 이용하여 다녔다. 버스에는 여자 차장이 있어서 표를 받고 하차도 돕는 역할을 했던 시절이기도 했다.

출퇴근, 등하교 시간이면 전차나 버스가 늘 만원이어서 곤욕을 치러야만 했다. 버스는 차장이 사람들을 짐짝 다루듯 차 안으로 꾸역꾸역 밀어 넣는 진풍경이 연출되던 시절이라 많은 에피소드들이 생산되기도 해서 등교하면 제일 먼저 등굣길에서 발생했던 웃지 못 할 일들이 친구들의 입담으로 재미있게 재구성되어 끊이지 않았다.

전차도 버스나 별 차이 없어 책가방마저 짐스러운 물건이 되기 일쑤여서 의자에 앉은 사람의 무릎에는 겹쳐 책가방이 쌓였다. 의자에 앉은 사람들은 서서 힘겨워하는 이들의 모습을 보고 안쓰러워 짐을 받아 주는 것이 미덕이었다.

남자 여자 따질 것 없이 그 좁은 공간에 콩나물시루 안처럼 빽빽하게 들어박힌 사람들은 얼굴 하나 마음대로 돌릴 수 없을 때도 있었다.

몸 전체가 앞 뒷사람과 사이에 공간이 있을 수 없을 때도 잦았다. 서로 민망한 처지에서 얼굴만 붉힐 수밖에 없는 경우가 허다했다.

하복 교복을 잘 다려서 입은 날 교통지옥에 빠지면 교복은 수세미가 되고 앞사람의 땀 냄새로 곤혹을 치르기도 했고 하차해야 할 정류장에서 내리지 못하고 다음 정류장에서 겨우 내려 걷다 보면 지각하는 일까지 생겨 난감하기도 했다.

요즈음 복잡한 전철 안에서 의도적 성추행 문제가 사회적으로 논란이 되는 기사를 보면서 우리가 청소년 시절 대중교통 수단이던 전차나 버스 안에서 겪었던 일을 생각하고 실소를 했다.

의도적 성추행이 아니고 복잡한 차 속으로 떠밀리고 떠밀려서 불가항력으로 몸들이 밀착되어 곤혹을 치르게 되는 현실은 어쩔 수가 없었던 그 당시의 교통 혼잡이 죄였다.

서울의 모든 대중교통 노선이 복잡했던 것은 아니지만, 노선에 따라 아주 심한 곳도 있고 그렇지 않은 노선도 있어서 등교하자마자 차 안에서 생긴 일들을 놓고 기막힌 사연들을 토로하기도 했다.

그만큼 우리 사회가 어려웠던 시절이다.

수출 1억 불 달성이란 현수막이 건물 벽에 나붙고 자랑스러워했을 만큼 우리 경제가 최악의 밑바닥에서 어려움을 겪고 있는 시절이라 정신적 문화적 모든 면에서 인권이 존중받을 만큼 여유로움이 없었다.

　세계 10위란 경제대국의 반열에 서게 됨으로써 민주시민으로 대접받으며 개인의 인권도 보장받는 자랑스러운 나라가 되었음은 기쁨이다. 이제는 자기 주권을 당당히 요구할 만큼 사회가 변했고 모든 면에서 편리해진 여유로움에 행복을 느낀다.

　사회적으로 어떤 불편함도 용납되지 않고 나나 이웃에 작은 손해도 항의할 수 있는 사회적 발전이야말로 우리의 권리가 성장하였음에 고마워해야 할 것이다.

　지난날 전차나 버스 안에서 민망한 신체접촉의 고통과 부끄러움을 꾹 참고 견뎌 온 대중교통 수단이 있었듯이 모든 면에서 부족하고 불편하며 어려움이 많았던 시절이 있었음을 잊어서는 안 되리란 생각이다.

　그 어려움 속에서도 모든 것을 인내하며 미래를 설계하며 살아온 덕택으로 이제는 사회 변혁을 이루었고 세계 어느 나라를 여행해도 대한민국의 위상으로 대접받는 국민이 되었음을 자랑스럽게 생각해야 한다.

　빈곤에서 허덕이는 세계 많은 나라의 대중교통 수단의 면면을 들여다보면 우리나라 1950년대가 떠오른다. 가까운 동남아 빈곤 국가들의 교통환경 사진들을 들여다보면 우리나라도 그런 때가 있었다는 것을 실감하는 세대들이 있었기에 오늘의 풍요가 가능했음을 역사의 교훈으로 젊은이들이 알았으면 하는 바람이다.

　오늘의 풍족한 여유가 옛날 우리에게 보릿고개가 있었다는 역사조차 모르면 안 되리라 믿는다. 혼잡한 교통수단에 의지하며 살아왔던 때가 50~60년 전이었다는 것도 잊어서는 안 된다.

풍요는 거저 생긴 것이 아니다. 피땀 흘려 열심히 일하며 살아온 덕분이다.

전차나 버스의 혼잡한 환경에서도 꿈을 잃지 않고 살아왔듯 작은 불편이나 지나친 이기주의는 조금 참아내고 내일을 성공으로 이끌 동력을 만들어내는데 힘을 쏟아야 한다.

밀양 송전탑 공사를 몇 년째 시간을 허비하며 시공을 못 하다가 공권력을 동원해가며 겨우 시작하기는 했지만 지금도 양자 간 의견 충돌로 공사 중단을 요구하며 방해하는 것은 안타깝다.

풍요는 자칫 오만과 불평의 온상이기 되기 쉽다. 어려웠던 시절을 생각해 보고 보다 큰 이익에 협조하고 그 열매를 공유할 수 있는 양보의 지혜가 필요하지 않을까 생각된다. (2013. 9) ✿

추억의 명소

십 년이면 강산도 변한다는 말이 있다. 지금은 십 년이 아니라 몇 개월 사이에도 상전벽해를 볼 수 있는 시대다.

그러니 추억의 명소들이 사라지고 없는 것은 어쩌면 당연한 일일 것이다. 계절 따라 생산되던 과일들이 비닐하우스 재배 연구가 활발해져서 계절과 관계없이 생산되고 긴 시간을 보관할 수 있는 기술이 발달하여 대부분의 과일을 언제나 먹을 수 있는 세상이 되었다.

열대 과일까지 어느 농가 비닐하우스에서 생산했다는 보도와 경제성도 매우 높다고 한 뉴스도 보았다. 이토록 세상은 자꾸 바뀐다.

지금 우리가 살고 있는 세상은 말 그대로 최첨단 과학 문명의 발달이란 현대 속에서 초고속으로 사회도 빠르게 변화되고 있다. 따라서 지금까지 살아온 기존의 생활양식이 앞으로 얼마나 어떻게 변화될지 알 수가 없다.

우주여행이 현실이 된 지금 과학문명의 발전은 어디까지 갈지 아무도 모르기에 궁금할 뿐이다. 요즈음 세계는 빛보다 빠른 공중에 존재하는 중성미자(뉴트라노)를 발견했다고 유럽 입자 물리연구소가 발표하여 전 세계 과학자들을 경악케 한 모양이다.

그것이 어떤 물질이고 무엇에 이용이 가능한 것인지는 잘 모르지만, 아인슈타인의 상대성 이론을 뒤집는 대단한 발견이라니 관심이 간다.

이렇게 과학문명이 지속적으로 발전해 가면서 우리의 생활에도 엄청난 변화를 주고 있는 현실 속에서 사라진 추억의 명소를 떠올리며 그때를 그리워한다는 것은 정말 난센스라고 비웃는 사람들도 있을 것이다.

과학 문명이 가져다주는 것들이 생활을 풍요롭게 하고 삶의 질을 향상시키는 것에 경탄과 과학자들에게 경의를 표한다. 그런 가운데서도 해결하기 어려운 것은 인간 활동의 원동력이 되는 정신적 실체인 영혼의 문제가 있다.

과학 문명으로 인간 생활이 아무리 풍요로워도 고독이 밀려오고 행불행의 늪에서 헤어날 수 없는 인간적 고뇌가 있는 한 우리의 감정들은 살아 있을 수밖에 없다. 따라서 추억을 되살리기도 하고 미래를 꿈꾸기도 할 수밖에 없는 것이 우리의 삶이다.

사람들은 초고속으로 과학 문명이 아무리 발전해 가도 영혼의 문제 즉 정신세계는 별개로 남아 있기 때문에 과거와 현재 그리고 보이지 않는 미래에 대한 생각 속에서 살 수밖에 없다.

지나온 날들의 갖가지의 기억들과 현재 속에 진행되는 온갖 일들이 상존하고 미래의 꿈에 대한 일로 늘 머리가 아프다. 따라서 과학 문명과는 상관없이 정신문화는 그대로 남아있기에 지나온 일들도 존중되어야 하고 그 추억들을 간직할 필요가 있다고 본다.

차를 몰고 지방 나들이를 나서 보면 없던 길이 새로 생겨 편리해진 반면 옛날에 지났던 옛길의 예쁜 단풍이 그립기도 하고 쉴 수 있던 고갯마루의 정겨운 풍경도 볼 수 없어 아쉬움도 남는다.

이런 것들이 해결하기 어려운 인간의 정신세계를 담고 있는 영혼의 문제가 아닐까 한다. 자연과 더불어 인간관계를 성숙하게 만들고 들길을 걸으며 사색도 하는 여유로움이 사라지고 긴장 속에 경직된 삶만이 있는듯하여 안타깝다.

어찌 보면 낭만에 도취한 사고라고 할지 모르나 인간은 원래 사회적 현실 문제로부터 벗어나 자유로움을 얻고 싶어하는 감정과 미지의 세계에 대한 동경이 사람들이 가지는 특권이 아닐까 한다.

그래서 때로는 빌딩 숲과 기계적 삭막함이 상존하는 도시를 떠나 목가적인 대자연 속에 묻혀 인생과 철학을 논하며 사색과 명상으로 인간적 성숙과 추억을 만드는 계절 여행을 즐기는지도 모른다.

팔월이면 복숭아가 한참 익어가는 결실의 계절이다.

서울서 인천으로 가던 중간쯤 소사라는 작은 읍이 있었다. 그 소사읍 벌판과 산자락 주변으로 펼쳐졌던 봉숭아 과수원들이 봄이면 화사한 꽃동산을 만들어 행락객들을 반갑게 맞아 주던 추억어린 고장이었다.

지금은 그 아름답고 향내가 그윽했던 그 자리엔 빌딩과 아파트들이 우후죽순 모양 서 있어 복사꽃 마을은 자취도 없이 사라져 버렸다. 그곳에 많은 추억을 간직하고 있던 사람들은 그곳을 지날 때마다 옛날이 눈물겹도록 그리운 명소일 것이다.

1970년대 초까지 수원에는 서울농대 뒤편으로 푸른 지대라는 딸기 생산 집단지가 있었는데 주변을 공원화해서 딸기 철이면 가족 동반이거나 친구들끼리 또는 연인들이 즐겨 찾던 추억의 명소였다. 행락객은 기차나 버스 편을 이용하여 서울에서 온 손님들이 대부분이었다.

그리고 포도 철이면 안양 관악산 초입 주변 밭들이 모두 포도밭이어서 정겹게 익어간 포도를 먹으며 추억을 만들던 명소가 있었건만 지금은 모두 크고 작은 건물들이 그림같이 아름답던 곳을 점령해 버려 아쉬움만 남는 삭막함이 존재할 뿐이다.

추억의 명소들이 사라져 버린 것은 도시 개발로 그리된 것도 있겠지만, 또 다른 면에서는 제철을 따져가며 딸기밭이나 포도밭을 찾지 않아도 사시사철 먹을 수 있는 딸기와 포도가 있기에 먼 길을 찾아갈 필요가 없어진 것도 한몫을 한 것도 사실이다.

그 시절 철 따라 과수원을 찾던 일은 먹는 것이 중요한 것이 아니라 추억을 만드는 소박한 추억 행락이었다고 해야 할 것이다. 젊음의 낭만과 목가적 정서가 미래를 꿈꾸는 동경으로 도시인들을 끌어들이기도 했던 사라진 추억의 명소들이 옛일들을 그립게 한다.

사회적 추억의 명소들이 역사는 아니라 하더라도 옛것들이 기본적으로 보존되었으면 좋겠다. 훗날 노인이 되어 추억의 산책길이 된다면 즐겁지 않을까 한다.

초고속으로 발전하는 과학문명과 인간 영혼이 담긴 정신세계가 공존해 가는 평화로움이 있었으면 한다. 🌸

달라진 입맛

옛날 어린 시절이다. 여름이면 밀가루를 반죽해서 방망이로 둥글고 넓게 밀어 몇 번 접어 칼로 일정하게 써는 번거로움도 마다치 않고 칼국수를 만들어 식구들 모두가 대청마루에 앉아 먹었던 추억이 있다.

칼국수 하는 날이면 어머니는 고모들과 분주했다. 애호박을 따오고 곁들여 옥수수도 따다가 껍질을 벗기고 가마솥에 넣어 쪄내는 일도 식구들이 협력해서 했다.

가족 모두가 즐거워했다. 그런데 나는 칼국수가 입맛에 맞지 않아 별로 좋아하지 않았다. 그런데도 하는 수 없이 별식을 기다리다가 익은 옥수수만 몇 개 그릇에 담아 나무 그늘 밑으로 가서 혼자 먹었다.

숙부님은 그릇에 담은 칼국수가 적다고 양푼에 많은 양을 담아서 맛있게 드셨다. 칼국수를 좋아하는 어른들을 이해할 수 없었다. 그래서 심술을 부리기도 했던 기억이 난다. 그러면 할머니는 쌀밥을 갖다 주며 달래곤 했다.

그런데 참 알 수 없는 일이다. 나이 들면서 나도 칼국수가 좋아졌다는 것이 신기하다. 칼국수 위에 고물로 삶은 애호박을 썰어 올려놓던 어머니의 손길이 지금도 보이는 듯하고 그때 만들었던 칼국수를 먹어 봤으면 좋겠다는 생각을 가끔 한다. 그 정성스러운 별식 준비와 화목한 가족애 등이 한데 어울렸던 가족의 만찬이 그립고 눈에 선하다.

내가 어릴 때는 모든 식재료가 텃밭에서 직접 기른 것들이라 그런지 싱싱했고 계절 따라 새롭게 올라오는 밥상 위의 반찬들이 맛있었다.

봄이면 크게 자란 시금치를 살짝 데쳐 올린 반찬이 맛있었고 여름이면 오이 가지 냉국과 아욱국이 좋았고 감자로 만든 여러 종류의 반찬과 감자국도 맛깔스러워 좋아했었다.

초가을이면 콩밭 속 그늘에서 자란 야들야들한 열무를 뽑아다가 담근 열무김치도 맛있었고 된장을 풀어 끓인 얼갈이배춧국은 시원해서 좋았다.

논두렁에 자란 대두 콩을 꺾어다가 온 식구가 마루에 앉아 까서 햅쌀에 넣어 지은 밥은 기름기 흐르고 가을 반찬들과 어울려 식욕을 배가시켜 주었다.

때로는 햇밤을 넣은 쌀밥과 소고기국이 올라오는 날이면 생일처럼 즐겁기도 했다.

배춧국도 맛있고 골안개가 가득하게 피어나는 늦은 가을 데친 얼갈이배추를 섞어 끓인 선지 국도 별식이었다. 무국도 시원했고 겨울철 집에서 시루에 얹어 기른 콩나물국도 좋았다.

긴긴 겨울밤 식구들이 둘러앉아 시루떡과 얼음이 섞인 동치미국물을 마시는 즐거움도 컸었다.

감기 기운이 있어 보이면 콩나물국에 고춧가루를 잔뜩 넣어주던 어른들의 따뜻한 정성이 좋았고 학교 갔다 오면 아랫목 요 밑에 두었던 밥주발을 꺼내 화로 위에 올려 덥혀 주던 할머니의 정성도 그립다.

농경 사회였던 나의 어린 시절은 주거 생활이 불편한 시대였지만 그래도 가족의 정이 넘쳐나는 따뜻한 생활이어서 행복했다.

지금도 지나간 그 날들이 생각나면 이젠 세상에 안 계신 부모님이 그리워 눈시울이 뜨거워 온다.

오늘의 식생활과 그때를 비교하면 재료의 풍부함이나 영양가로 볼 때 격차가 심하지만, 그때의 음식들이 그리워지는 것은 그 맛이 뛰어났다기보다 일종의 향수에서 오는 것인지도 모른다. 그러나 단백하고 맛깔스러웠던 어머니의 손맛은 영원히 잊을 수 없는 향수로 남는다.

나의 어린 시절은 경제적으로 넉넉했다고는 할 수 없어도 크게 어렵지는 않아서 고생 없이 성장할 수 있었던 것을 어른들께 감사하며 산다. ✿

현대 의학이 준 생명

인간의 질병은 예기치 못한 상황에서 찾아온다.

간단히 치유되는 질병도 있고 의사의 처방으로 일정 기간 치료를 받으면 낫는 병도 있다. 수술이라는 고도의 의학처방을 통해서 해결되는 것도 있고 현대 의학으로도 치료가 어려운 병도 있다.

오래오래 병 없이 살고 싶다는 노인들의 감춰진 욕심은 우리의 자화상이며 삶의 애착은 인간의 최대 희망이다. 오래 살고 싶다는 것은 부끄러운 일이 아니다.

현대에 와서 수명의 평균 나이가 높아지는 것은 반가워할 일이다. 다만 높아진 수명만큼 건강도 동반되어야 한다는 것이 필수다. 정신적으로나 신체적으로 모두가 사회 활동에 아무 지장이 없어야 한다는 대전제를 두고 하는 말이다.

식물인간이 되어 병상에 누워만 있는 생명이라면 안락사라도 하는 것이 또한 바램 일 것이다. 자아실현이 무시 된 삶은 의미가 없기 때문에 그런 삶을 원하는 사람은 더욱 없을 것이다.

고대부터 질병 치유 방법이 계속 연구 발전되어 현대에 와서는 인간 생명을 연장시키는데 크게 공헌하고 있다. 현대에 사는 사람이 부여받은 삶을 질병에 희생되지 않고 자연사할 때까지 산다면 100세까지 무난하다고도 말하고 인류학자들 중에는 앞으로 120세까지 살게 되는 것은 시간문제라고도 한다.

오래오래 사는 것이 축복인지 재앙인지의 문제는 사회 구조상으로 볼 때 해석하기 어려운 일이지만 인간의 생존 갈망은 누구도 부정할 수는 없는 존귀한 일이기 때문에 함부로 말할 수 없다.

나는 몇 년 전 집에서 방문을 열고 서재로 나가려다 한순간 의식을 잃고 뒤로 넘어져 몇 분간 깨어나지 못하다가 가족들의 도움으로 정신을 차린 일이 있었다.

의사의 진단은 부정맥에서 온 것이라 진단하고 대형 병원의 진료를 받는 것이 좋겠다고 처방 조치해 줘서 그 후 삼성 서울병원에서 진단을 받았다. 삼성 서울 병원에서는 부정맥 중 서맥徐脈으로 진단하고 심장 박동기기를 가슴 피부 밑에 매몰하는 큰 시술을 받았다.

그 뒤 심장 박동은 정상화 되었고 6개월에 한 번씩 박동기기 검사와 진료를 받고 산다. 부정맥으로 인해 넘어지며 생긴 뇌출혈이 서서히 나타나 제거 수술도 받게 되는 어려움을 겪기도 했다. 그 고통은 형언키 어려운 일이었다.

수술 전날 생길지도 모르는 의료분쟁을 사전에 차단하고 수술의 어려움을 당사자에게 설명하는 시간이 있었다. 설명하는 의사의 전언 속에는 사망할 수도 있다는 항목도 포함되어 있었다. 그리고 그 서약서에 사인을 하라는 것이었다.

수술을 위하여 삭발을 해야 했는데 아내의 얼굴도 심각하고 나 또한 죽을 수도 있다는 항목이 자꾸 마음에 걸려 눈물이 나왔다. 머릿속이 뒤숭숭해서 조리도 없는 유언 아닌 유언을 하며 눈물과 목이 메어 옴을 억누를 수가 없었다.

다음 날 전신 마취상태에서 두피 양쪽을 깨고 출혈된 피를 제거하는 대수술을 받았다. 뇌출혈 제거 수술은 성공적으로 되었지만 깨어나면서 부터 양다리가 저려오고 아파서 견딜 수가 없었다. 종아리에 압박천을 끼웠는데도 너무 견디기 어려워 다리를 주물러 달라고 간호사들에게 부탁을 해도 잠시 주물러 주는 척하다가 그만두고 해서 나중에는 간호사와 싸우기까지 하는 어처구니없는 일을 벌이기도 했다.

지금도 그때 상황을 생각하면 몸서리가 쳐지고 간호사들에게 미안한 생각이 든다. 전신 마취 상태에서 수술을 했기 때문에 수술대 위에서 나는 죽은 것이나 다름이 없었다. 아픔도 몰랐을 뿐 아니라 어떤 정신적 고통도 없는 무감각 상태였으니 말이다.

죽는다는 것은 바로 이런 것이구나 하고 가끔 그때를 생각한다.

의사들의 첨단 의술이 아니었다면 나는 지금쯤 이 세상에 없는 사람이었을 것이다. 덤으로 살고 있다는 생각을 하며 좋은 세상 열심히 살고 싶다. 그래서 요즈음은 운동도 내 힘껏 최선을 다해서 하고 쓰고 싶은 소재가 떠오를 때마다 글도 열심히 쓰고 있다. 가족에게 누가 되지 않게 사는 삶이 중요하기 때문이다.

주변에 있던 친구들이 이 세상을 하직하여 두 번 다시 볼 수 없게 되고 질병으로 고통받는 상황을 보면서 안타깝고 안쓰럽기만 하다.

나이 들어 소외받는 것도 싫은데 건강마저 자유롭지 못하니 얼마나 그 고통이 클까를 생각하면 눈가엔 어느새 눈물마저 돈다.

계절 따라 변하는 아름다운 세상 한번 가면 아무것도 볼 수 없는 어둠만 있을 것이 아닌가. 아름다운 꿈도 꿀 수 없고 아름다운 세상 볼 수도 없을 것이니 말이다.

잊을 수 없는 사랑하는 가족과 영원한 이별이 있다는 것은 너무 큰 슬픈 일이다. 사는 날까지 정성을 다하며 나를 아는 친지들과 더불어 건강하게 살다가 꿈꾸듯 먼 나라에 갈 수 있기를 두 손 모으고 마음 다하여 축원할 뿐이다.

변하는 현대 의학의 덕분으로 덤의 인생을 사는 것, 건강하고 기탄없이 살아 보았으면 한다. 🌸

3 아름다운 공간들

먼 곳으로 눈 돌려보면 소실점에 아기자기한 농촌 마을이 보이고 엷은 안개로 가린 듯 몽롱한 들판이 손에 잡힐 듯 다가온다. 마을 끝자락 큰 미루나무에 달빛 비춰 기울고 누렇게 익어 고개 숙인 벼들이 들을 가득 메웠다.

밭에는 조와 수수가 익어 흔들리고 높게 뻗어 올라온 억새꽃에는 흰 깃발 같은 꽃이 피어 춤추며 메밀꽃과 한데 어우러져 정겹다. 마을 초가지붕엔 흰 박이 둥글둥글 익어서 정겹고 울 넘어 감나무엔 감들이 감잎 단풍과 다정하게 멋부리며 커가고 있다.

— 「만월의 신비와 추억」 중에서

서호천 산책 길

　수원 서편에 있는 서호로 흘러내리는 서호천이 있다. 이삼십 년 전에는 여러 종류의 물고기가 서식하던 하천이다. 주변에 공장과 아파트가 들어서고 나서 생활하수와 폐수 등으로 인해 오염이 심화되었고 토종 물고기들이 사라지고 지금은 서호에 사는 큰 잉어와 붕어들이 오르내리고 백로와 청둥오리들이 서식하는 하천이다.

　하천 좌우 양쪽에 포장된 산책로가 있어 시민들의 휴식공간으로 자리매김해 가고 있다. 서호천을 흐르는 물은 서호저수지로 모두 모였다가 다시 흘러 서호천 하구 황구지천으로 이어지는 수원의 중요 하천이기도 하다.

　서호공원과 연결되어 있는 서호천은 생태 하천 복원을 위하여 식물이 뿌리 내릴 수 있도록 만든 코이어 롤coir roll 공법을 하천 양면에

설치 갯버들과 갈대 물풀들이 무성하게 자랄 수 있도록 만들었다. 청둥오리와 들새들이 서식할 수 있도록 도움을 주고 물고기들의 서식에도 도움을 주고 있다.

서호천 양면의 제방 길에는 왕벚나무가 주종이지만 여러 종류의 가로수들이 잘 심어져 있고 멋지게 설계된 다리들이 일정 거리를 두고 세워져 휴식 공간으로 훌륭히 이용되기도 하는 곳이다. 다만 수질오염 개선이 아직 완결되지 않았다는 점이 흠이다.

그런데도 서호천을 오르내리는 큰 잉어와 붕어 떼가 있고 청둥오리가 무리 지어 먹이 찾아 이동하며 노니는 모습을 볼 수 있다는 것은 도시인들의 마음을 푸근하게 감싸주어 좋다.

사오 월이면 붕어들의 산란이 시작되는 시기라 손바닥보다 큰 대형 붕어들이 모래톱 야트막한 물에서 퍼덕이며 노니는 모습이 신기하고 청둥오리 암컷은 부화된 새끼 오리들과 먹이 찾아 물 위에 떠다니는 모습이 귀엽고 평화스러워 서호천 산책로는 즐겁기만 하다.

어떤 청둥오리 어미는 열두 마리의 새끼들을 이끌고 있고 또 다른 어미는 여섯 마리 또는 네 마리의 새끼를 몰고 다니고 있어 청둥오리가 서호천을 생동감 있게 만들어 주고 있다.

서호 옆 진흥청을 감싸고 있는 야트막한 여기산 소나무 숲에 둥지를 틀고 서식하는 백로들이 먹이를 찾아 청둥오리들과 경쟁하듯이 얕은 물에서 사냥하는 모습도 볼거리다.

서호천에는 몇 군데 여울목에 계단식 낙차공을 설치하여 물소리도 경쾌한 계곡을 상상하게 하고 다른 곳보다 수심도 깊고 넓어서 노니는 큰 잉어와 붕어들의 유회遊回가 보기 좋은 곳이기도 하다.

어로魚路가 설치된 계단식 낙차공에는 물소리와 붕어들의 이동 모습도 볼 수 있어 좋고 새끼 오리들을 이끌고 있는 어미 오리가 계단이 좀 높은 곳에서 못 따라 올라오는 새끼오리들을 안타깝게 기다리는 모습도 볼 수 있어 좋다. 낙오되는 새끼 오리들이 많아 어미가 가던 길을 버리고 되돌아서는 모습은 더욱 신기하고 재미있다.

새끼오리들은 자기들끼리 노느라 어미를 따라가지 않고 제멋대로 행동하며 무리에서 이탈하는 놈들도 있고 풀숲에 숨어 무엇을 하는지 나오지 않아 어미는 그들을 찾느라 제자리만 맴돈다. 그러다 새끼들이 다 보이면 어미는 먹이가 있을 만한 곳으로 이동한다.

이곳저곳으로 떠다니는 오리 가족의 모습은 서호천에서 제일보기 좋은 풍경이다. 다른 오리 가족과 스쳐지나 가다가 섞이거나 어미를 잘못 따라가지 않을까 하는 걱정도 해 보지만 그런 실수는 없는 듯했다.

매일 걷는 산책길에서 오리 가족의 행방을 살펴보는 재미가 크다. 어느 때는 오리 새끼 숫자가 맞지 않아 걱정도 되는 때도 있지만 서호천에 오리의 천적은 없는 듯해서 안심을 하곤 한다.

늦가을이 되면 새끼 오리들도 어미만큼 커져 있고 풀씨를 따먹기 위해 나왔는지 산책로 풀숲에서 뒤뚱뒤뚱 나와 개울을 찾아가는 모습이 재미있기도 하고 우습기도 하다. 산책객들이 자기들을 해치지 않는다는 것을 알고 급히 피하는 일도 없다,

도시인들과 도심 하천에 사는 어류와 조류들이 하나가 되어 있는 모습이 아름답다.

서호천 산책길 끝자락에 있는 서호공원은 잘 조성되어 사계절 경관이 아름답고 쉼터가 많아 좋다. 서호西湖는 수원 팔경 중 한 곳이고 중국 항주에 있다는 서호와 비슷하여 붙인 이름이라 전한다.

서호 제방에는 수백 년 되는 노송이 잔잔한 수면을 지켜 서 있고 제방 서쪽 끝 배수구 위로는 다리가 놓여있다. 그리고 그 옆 둔덕에는 항미정杭眉亭이라는 정자도 있는데 호수와 잘 어울린다.

수원 팔경 중 하나인 서호와 서호천의 수질 개선이 이뤄지고 아름다운 생태 복원이 되어 옛 모습을 하루빨리 볼 수 있었으면 좋겠다. 🌸

음악 다실

내가 대학을 다닐 때는 6·25전쟁이 정전협정으로 막을 내린 지 10년이 채 안 되었다. 여유라고는 어디에도 없고 사회는 어수선했다. 그래도 대학생인 나는 축복 받은 사람 축에 들었다고 해야 옳을 것이다.

전차가 다니던 큰길 뒤편으로는 전쟁의 상흔이 남아있고 생활고에 어려움을 겪는 사람들이 즐비했는데도 대학생이라고 책가방 들고 멋부리며 낭만을 찾는 부류 중 하나였으니 말이다.

그러나 그 시대에는 다방문화가 젊은이들뿐 아니라 남녀노소를 가릴 것 없이 문화인을 자처하는 사람들에게 필요한 장소가 되어 있었다. 서울뿐만 아니라 작은 지방 도시에도 다방 없는 곳이 없을 정도였으니 선풍적인 인기였다고 할 수 있다.

외롭고 허전한 사람들이 쉴만한 마땅한 자리가 없던 거리에 다방이라는 장소가 신선한 문화공간이 된 셈이었다. 익숙하지 않은 서양 차 문화인 커피도 마시고 음악도 들으면서 쉴 수 있는 공간이 있었다는 것은 다행이었는지도 모른다.

지식인들이나 젊은이들도 찾을 만한 문화공간이 별로 없던 때라 우후죽순처럼 생겨난 것이 다방이었다. 어느 동네 어느 길을 가든 다방은 수도 없이 많았다.

끼리끼리 모여 세상사 어려움을 이야기하고 그리웠던 사람들과의 만남과 헤어짐의 아쉬운 자리가 되어 주기도 했다.

다방은 사업자 입장에서는 돈 버는 자리었겠지만, 그곳을 찾는 사람들에게는 희망을 건 약속 장소이기도 했고 때로는 소망을 약속받는 행복한 장소가 되기도 했다.

좌절이 쌓인 사람들이 허탈함을 달래며 다시 누군가를 만나서 희망을 얻어가는 자리가 되어 주기도 했고 할 일 없는 사람들이 시간을 낭비하며 머물기도 했던 곳이다.

전화가 집에 없을 때라 연락을 받는 자리로도 이용하여 불편한 연락을 쉽게 해결하는 약삭빠른 사람들도 있었다. 이것이 만인의 사랑방으로 자리매김한 다방의 모습이었다.

예술을 사랑하는 지식인들은 명동의 이름난 다방에서 문화이야기를 꽃피우기도 했고 우울한 사회를 향해서 비판과 독설을 쏟아 내기도 했던 곳이 다방이라는 묘한 곳이었다.

찾아드는 사람이 많아지자 다방은 대형화되기 시작했고 명칭도 다실이라는 이름으로 바뀌었다. 다실에서는 가끔 음악회도 열었고 문인들

이 출판기념회도 열었다. 문인들이 자주 다니는 다실에서는 시낭송회
도 열렸다.

전문 DJ를 고용하여 LP판이 바뀌는 시간을 이용하여 멋진 아나운서
멘트로 감성을 자극하기도 했고 쪽지와 신청곡을 받아 소개도 하는 젊
은이들의 쉼터, 음악다방도 이곳저곳에 생기기 시작한 것도 그때였다.

문인과 예술인들이 주로 드나들던 명동의 갈채다방이 있었고 젊은
대학생들이 드나들던 명동의 음악감상실 돌체가 또한 유명했던 곳이었다.

우리 문학 동인들도 명동의 천동다방이나 돌체에 모여 문학이야기와
시국 돌아가는 모습을 날카롭게 비판해 가며 울분을 토하기도 했다. 아
무런 약속 없이도 그곳에 가면 한두 명의 친구를 만나는 것은 다반사였다.

돌체에는 언제나 젊음의 활기가 넘쳐 있었고 멋과 문화의 자긍심 같
은 것이 배여 있어서 좋았다. 돌체와 같은 유類의 음악 감상실은 충무
로와 소공동 쪽에 많았고 대학생들이 주된 손님이 되어 찾는 장소이기
도 했다.

서울역에서 굴레방다리 쪽으로 가는 초입 큰 건물 지하에 궁전이라
는 큰 다방이 있었는데 인천이나 수원 쪽에서 통학하는 학생들이 차 시
간을 맞추기 위해 기다리는 장소가 되기도 한 곳인데 음악이 좋아 남문
안 젊은이들이 약속 장소로 많이 이용했던 장소이기도 했다.

서울 시내에 수도 없이 많았던 다방이나 다실이란 이름의 장소들이
만인의 사랑방 역할을 충실히 했다고 볼 수 있다.

무슨 이유에서든 하루에 한두 번씩은 드나들던 다방 문화가 외롭고
쓸쓸한 이들에게는 위안의 장소가 되어 주었고 유행을 즐기는 이들에

게 현대인이라는 자부심이 있었던 곳이다.

눈감고 사색하듯 심포니 오케스트라의 지휘자처럼 음악에 따라 지휘의 몸짓으로 도취한 듯 친구들과 무엇이 즐거운지 희희낙락하는 모습 등 그 넓은 공간 다실에는 늘 인간사가 숨 쉬고 있었다.

이것이 그때 그 시절 우리의 자화상이었으며 그때 그 음악다실들이 사랑과 애환을 숨 쉬게 하고 추억이 쌓이게 만든 곳이다.

젊은 날 행해졌던 크고 작은 일들이 이렇게 아름다운 추억으로 머물게 될 줄 미처 몰랐다. 60년대 초 대학을 다니던 사람들에게는 한두 번의 에피소드도 있을 법한 다방 문화가 있었다.

가는 세월 막을 수 없고 쌓인 추억 눈물 나도록 그립기만 하다. ❀

인사동 길을 걸으며

인사동에 친구가 살았다.

그 집은 문학동인 친구들의 아지트였다.

다니는 대학이 같기도 했고 다르기도 했던 친구들이지만 학교 강의를 듣고 시간 나는 오후면 누가 말하지 않아도 우리들은 인사동 친구 집을 찾아갔다. 종로 2가에서 탑골공원을 옆으로 해서 북쪽으로 가는 길에 3층 건물 안에 친구의 작은 거처가 있었다.

음악도 듣고 토론도 하고 사적인 고민도 부끄럼 없이 쏟아놓곤 했다. 그래서 친구란 좋은 것인가 보다, 라는 생각을 하곤 했다.

우리 모임 중에 고등학교를 졸업하자마자 부모님의 일방적인 처사에 의해서 결혼을 하고 고향에 살다가 서울로 유학 온 종민이란 친구가 있었다. 그 사실을 모두 모르고 있었는데 어느 날 종민이가 가슴속에 꼭 꼭 감추고 있던 아픈 비밀을 털어놓고 자기의 입장과 감정까지 숨김 없이 이야기하며 조언을 부탁하는 일이 있었다.

종민이의 입장은 고향에 부모님과 살고 있는 결혼한 아내에 대하여 도의적 책임감과 정서적 거부감으로 말할 수 없는 고통과 아픔이 있다는 것이었다.

아무 죄도 없는 아내를 생각하면 자기 거부 감정이 부당하고 잔인하여 가까워져 보려고 노력도 했다는 것이다. 그러나 도덕과 현실 감정 간의 괴리가 너무 커서 문제라며 죽고 싶다는 것이 그의 결론이었다. 고향에 두고 온 아내가 어려운 집안의 딸이기는 했지만, 중학교까지 다녔고 머리가 좋아 공부는 잘했다고 한다.

자기와 아내는 완고한 부모들의 잘못으로 생긴 불행한 인간이라며 눈물까지 보였다.

기막힌 친구의 사연에 모두 망연자실했다.

기탄없이 모든 일에 비판과 논리를 펼치던 친구들 모두가 입을 다물고 한숨만 쉬고 아무 말도 하지 못하고 있었다. 진보적 사고로 무장했다고 자부하던 문학을 하겠다는 대학생들의 도덕관도 당시의 사회 관념을 뛰어넘는 사고를 할 수 있는 친구는 아무도 없었던 것 같다.

그때 재석이란 친구가 농담처럼 밑도 끝도 없이 "데려다 공부시켜" 한다. 성격이 불같은 원석이가 "야 임마, 누구 골 지르는 거야" 하고 화를 낸다.

데려다 공부시키라던 재석이도 원석이가 화를 내자 기가 꺾여서인지 아무 말도 못한다. 누구도 농담할 분위기가 아님을 잘 알고 있는 탓인지 무거운 침묵만 흐른다. 재깍재깍 벽시계만 멈춤 없이 시간을 잠식하며 갈 뿐이었다.

태준이가 침묵을 깼다.

"그것도 좋은 방법 아니냐. 대학까지 보낼 생각하고 그동안 서로를 알아보면서 사랑과 정이 생기면 인연은 지속하는 거고 공부가 끝날 때까지도 마음에 변화가 생기지 않으면 서로 합의해 죄책감 없이 헤어지는 것도 방법 아닐까. 지금처럼 방치하고 고민하기보다는 대학까지 공부시킨 후 합의하면 죄책감도 줄어들 테고 말이야. 느네 집 그 정도의 여유는 있잖아."

진지하게 말하는 태준이의 말을 듣고도 아무 반응 들이 없었다.

지성知性이네. 사회개혁이 필요하네. 굴욕적 한일협정은 왜 하는 거야. 하면서 울분을 토로하며 젊음을 불사르던 친구들도 오래도록 지켜온 사회적 도덕의 높은 벽은 어쩔 수 없었던가 보다.

우울한 친구들의 만남을 뒤로하고 아무 조언도 주지 못한 채 우리는 그날 헤어져 각자 집으로 갔던 기억이 새롭다.

그 뒤 상당 기간 친구들 모임이 성사되지 않았는데 일랑이의 생일을 축하한다고 인사동 친구 집을 찾아가던 중에 결혼을 고민하던 종민이를 만났다.

종민이가 말했다. "너만 알고 있어. 아내 서울로 데려왔어. 강의록 가지고 공부 중이야. 가능하면 대학까지 보낼 거야."

결혼까지 한 친구라 그런지 그의 의지는 대단해 보였다.

그 당시에도 자격고시를 통해서 학력을 인정받는 제도가 있어서 강의록을 가지고 공부하는 젊은이들이 많았고 서울 이곳저곳에 대학생들이 봉사하는 인가 없는 강습소 형태의 야간 학교들이 많이 있었다.

나는 종민이의 결단을 응원했고 자존심 상할까 봐 그 뒤로 그의 아내 이야기는 가급적 모르는 척했었다. 다른 친구들도 종민이의 고민을 생각해서 그의 가정사를 모르는 척하며 지냈다.

인사동 한적한 길을 걸으며 종민이의 결혼에 대해 이러저러한 생각을 하며 걸었던 옛길이 지금도 많이 생각난다.

그 뒤 우리는 대학을 모두 졸업하고 직장 생활을 본격적으로 하면서 여러 지역으로 흩어지다 보니 만남도 쉽지가 않았다.

동인 활동을 하던 친구들이라 글쓰기를 계속하던 친구도 있고 학교나 신문사 잡지사 등에서 직장 생활을 바쁘게 한다는 소식을 전해 듣기는 했어도 대학 다닐 때처럼 동인활동도 열심히 할 수가 없었다.

젊은 시절 사회의 모순된 일과 가난에 허덕이는 사회상에 환멸을 느끼며 이민이라도 갔으면 한다고 분통을 터트리던 그때 그 친구들의 의기와 정열을 다시 볼 수 없는 것이 한스럽다.

한일협정 반대하는 데모대를 해산시키기 위해 터트린 최루탄 가스 때문에 콧물 눈물범벅이 된 채 인사동 친구 집으로 모여들던 그 날의 모습이 지금도 어제 일만 같은데 인생의 황혼이라니 너무 빠른 세월이 서글프다.

종민이는 자기가 의도한 대로 아내를 대학까지 공부시켰고 그 아내와 벽을 허물고 함께 살기로 했었다.

그 후로 문학 활동을 접은 친구들도 있고 서울을 떠난 친구들이 많아 아예 소식이 지금까지 두절된 친구들도 있다.

생각하면 그때가 너무 좋았는데 이제 황혼을 넘겨 그리움만 커져 온다. ❀

젊은 날의 초상화

　외로움에 지쳐 방황하는 젊음이 우수에 찬 시선으로 길가에 굴러가는 낙엽을 응시하며 외롭게 서 있다. 이따금 하늘을 향해 소원을 기원하듯 무슨 소망을 갈구渴求 하듯 애처로운 모습으로 서성인다.

　싸늘한 골목 바람 외투 자락 스치고 분주한 사람들 빠른 걸음으로 사라져도 외로운 젊음은 깊은 사색의 늪에 빠져 있다.

　등 떠밀려가듯 인파 속에 나그네가 되어 외롭고 파란 하늘에 침전沈澱되듯 조용조용 무너져 내렸다.

　한마디 던지고 가버린 막말의 아픔 피할 수 없는 상흔傷痕으로 남아 꿈꿔온 일들이 질곡桎梏 속으로 파묻히고 만다.

　예술을 사랑하는 젊은이는 고달픈 사도使道가 되어 험난한 가시밭길 고독 속에 묻혀 여명의 순간을 기다리며 가로수에 기대 목 놓아 운다.

칼날 같은 비정함이 도사려 상처 내고 비웃고 힐난詰難하지만 젊음은 사명감으로 감내하며 먼 날을 묵묵히 기다려 참혹慘酷한 웃음을 짓는다.

조소嘲笑의 칼날이 사정없이 휘둘러 와도 막을 길 없는 진실의 명암은 자아실현을 위한 또 다른 약속이기에 절규하는 몸부림으로 혼돈 속에 빠진다.

어떤 것이 진정한 삶이고 무엇을 위해 살아야 하며 어떻게 살아야 하는지 근원적 물음 앞에서 고민하지 않는다면 진정한 인간의 갈 길은 막연하다.

무작정 달려가는 삶이 아니라 되돌아 반성하며 인간다운 삶의 의지를 찾아, 보다 성실하게, 보다 의미 있는, 꿈을 가꾸며 살아야 하는 세월의 아픔이 한없이 길고 어렵기만 했다.

속된 욕심을 버릴 수 있다면 그것은 성자가 가는 구도의 길일 것이고 연륜이 아무리 쌓여도 어리석은 인간은 감정에 치우치고 욕망에 허우적대며 살 수밖에 없다. 긴 시간 사색하고 명상하며 인생을 걱정하는 어리석은 상념에 깊이깊이 빠져든다.

진정한 젊음의 갈 길을 찾아 사람답게 가려면 초연히 가야 하는데 평범한 사람은 그럴 수가 없다. 아무리 높은 이상도 아무리 소원하는 꿈도 자학의 몸부림만으로 성취는 어렵다. 그래서 고뇌하는 시간은 가을 바람처럼 차갑고 칼날처럼 매섭다.

깊은 사색과 명상을 누각樓閣 위에 안치하는 것은 성장을 위한 고뇌이고 영광의 날을 염원하기 때문이다. 파라다이스의 이상을 꿈꾸며 무수한 좌절과 절망을 웃음으로 지우며 앞으로 달려갈 수 있었던 것은 사랑의 환상이 너무 아름다웠기 때문이다.

대학 캠퍼스 잔디 위에 누워 푸른 하늘을 응시하며 풀리지 않는 의문과 결단의 순간들 속에서 방황했던 아픔은 오늘에 와서 생각해도 괴롭고 슬픈 일들이었다.

고뇌의 결단이 가식이든 진실이든 그 아픔의 상처만은 오래도록 가슴앓이를 해야만 했고 그로 인해 많은 날을 울분과 침통함 속에 원망의 늪에 빠져 허덕이며 아까운 세월을 잃어버렸다.

주저앉을 수 없는 현실에 목놓아 울면서 각고刻苦의 세월을 보냈고 다시는 한 맺힌 원망도 하지 않고 갈망도 송두리째 던져 버려가며 새롭게 뜻을 세우고 온 힘을 다하여 달리려 했다.

좌절하고 또다시 좌절하면서도 한 가닥 놓아 버릴 수 없는 운명적 계시가 있었기에 묵묵히 힘겨운 싸움에서 이길 수 있었다. 젊음의 순간적 절망들은 언젠가 차고 일어날 수 있는 것이라고 아주 손쉽게 단정 지었을지 모르지만, 고갯길 정점을 지나는 것은 피 토하는 아픔이었다.

오늘의 이 순간은 독배毒杯의 술을 이겨낸 힘겨운 흔적으로 길이 남겠지만 이긴 자의 교만은 아니다. 마지막 남은 한순간에서조차 자존을 지키려는 비정함은 안간힘에 불과할 뿐 아무런 의미가 없다.

진정한 승자의 의미는 숙연히 머리 숙임이요 깨끗한 승복에 있음을 알아야 한다. 함께 할 수 있는 의지와 용기가 필요하고 내일을 성찰하는 기도와 기원이 있을 때 성취의 기쁨도 결실의 크나큰 열매도 얻을 수 있다.

낙엽을 쓸어가는 허전한 바람이 외투 깃 너머로 외롭게 스칠 때 너의 따뜻한 말 한마디가 위로가 되어 번뇌의 질곡桎梏에서 벗어나는 길을 인도하게 됨을 깨달으며 살았었다.

인간은 언제나 외롭고 슬프며 허상만 있을 뿐 실체가 없는 무형일 뿐임을 알고 상실의 아픔에서 벗어나는 길만이 진실임을 알아야 했다.

잔디 위에 누워 사색하던 너와 나는 아지도 진실을 외면하고 허세를 부리며 아픔을 억지로 참아내는 가식 속에 눈을 감을 뿐이다.

사랑한 젊음들이 최루탄 가스에 눈물 콧물 흘리며 골목길 뛰었던 시절도 있었음을 기억하자. 어떤 어려움도 사랑할 수 있었기에 모진 아픔들을 이겨내고 합리적 이해를 이룰 수 있었음을 잊지 말아야 한다. ✿

자하문 밖 봄 소풍

꽃피고 새싹이 아름다운 계절은 누구에게나 마음 설레게 하는 마력에 매료된다. 그래서 어른, 아이들 할 것 없이 봄만 되면 여유시간을 내서 자연 변화를 감상하며 하루를 보낼 계획을 한다.

고등학교 2학년 때 봄 소풍지가 창의문 밖으로 정해졌다.

서울에는 숭례문(남대문), 돈의문(서대문), 흥인지문(동대문), 숙정문(북대문) 이렇게 사대문이 있고, 그 사이에 4대 소문인 동소문(혜화문), 남소문(광희문), 서소문(소덕문), 북소문(창의문)이 있었다.

어느 날 종례시간에 담임선생님은 소풍날이 결정됐다며 창의문 밖으로 모이라고 해 놓고 종례를 마쳤다. 창의문이 어디냐고 친구들은 야단이다.

자하문이 창의문의 애칭이란 것을 몰랐기 때문에 생긴 소동이었다.

그 당시 서울 사람들은 모두 자하문이라는 애칭을 쓰고 있었기 때문에 창의문을 아는 사람이 많지 않았다. 남대문 하면 알지만 숭례문 하면 잘 모르는 것과 같은 이치였다.

　그것도 그럴 것이 4대 소문은 우리가 학교 다닐 때는 역사적으로 이름만 남아 있었지 실체가 없는 문이었다. 자하문 하나만이 보존되고 있었던 때다. 봄 소풍을 간다고 하자 모두 좋아했지만, 불쑥 소풍지를 숙제처럼 던져 놓고 나가신 담임선생님을 향해서 "창의문이 어디 있어요." 하고 반 친구들이 소리친다. 그래도 선생님은 시치미를 딱 떼고 "창의문이 창의문 있는 곳에 있지 어디 있어." 하며 교무실을 향해 갈 뿐 다른 대답은 없었다.

　할 수 없이 우리는 집에 가서 어른들에게 물어 오기로 했다.

　다음 날 한 친구가 할아버지를 통해서 알아 왔다면서 종이에 적어 온 4대 소문의 이름을 칠판에 써 놓고 설명을 했다.

　한양에는 4대문과 4소문이 있었는데, 창의문은 4소문 중 하나로 서북쪽에 있는 문이라고 했다. 자하문이라고 부르는 문이 바로 창의문이고 나머지 문 들은 철거되어서 현존하는 문이 없다고 했다.

　참고로 말하면 역사소설 속에 등장하는 시구문이라고도 하고 수구문이라고도 등장하는 소문이 광희문이고, 동서문(혜화문) 서남쪽에 소덕문, 서북쪽에 창의문이 있었다며 이 문들은 이태조가 서울 성곽 공사를 할 때 함께 건축되었던 것인데 철거되고 남아 있는 것이 창의문(자하문)뿐이란다. 그때서야 창의문의 정체를 알았다.

　효자동에서 서북쪽으로 가면 낡은 문이 하나 있다고 하며 소풍 갈 때는 효자동 전차 정류장에서 내려 걸어가면 된다고 안내까지 했다.

친구들은 어이없어했다. 처음부터 자하문 밖으로 모이라고 했으면 모두 알 것을 듣지도 못한 창의문밖에 모이라니 말이 되느냐고 투덜대며 이번에는 우리가 선생님 골탕먹일 일을 꾸미자고 제안을 했다. 모두 좋다고 손뼉까지 치며 소리쳤다.

까마득한 옛날이야기인데도 며칠 전에 겪었던 일처럼 기억도 생생하다. 재미있었던 젊은 날의 잊지 못할 추억 중 하나라 그런가 보다.

소풍날 10시까지 각자 현지로 모이라고 했는데 우리 반 친구들은 11시까지 가기로 약속을 했다. 친구들은 열대여섯 명씩 한 조를 만들어 순차적으로 11시까지 자하문에 모이기로 했다. 늦은 이유를 말할 때는 창의문을 찾느라 여러 군데를 들러 오다보니 늦다고 변명하기로 했다.

소풍날 효자동 전차 정류장에서 우리 반 친구들은 10시 30분 이후에 도착하도록 계획되었기 때문에 다른 반 친구들은 보이질 않았다. 재미있기도 하고 걱정도 되었다. 담임선생님이 화를 많이 내면 어쩌지 하는 생각에 긴장도 되었다.

그러나 계획대로 일이 진행되고 있으니 할 수 없다는 생각으로 소풍날의 즐거운 추억이 되기만을 속으로 빌었다. 10시 30분이 지나 도착한 우리 반 친구들은 순서대로 한 조가 편성되면 천천히 자하문을 향해 걸어갔다.

몇 개 조가 만들어져서 우리 반 친구들은 조금씩 간격을 두고 자하문에 올라갈 수 있었다.

잔뜩 긴장하고 소풍지까지 올라갔는데 담임선생님은 태평한 모습으로 멀리 보이는 서울 시내 쪽을 감상이나 하듯이 보고 있었다. 아주 무관심한 태도였다. 늦게 오고 있는 우리들을 향해 어떤 말도 없고 화가 나 있는 모습도 아니었다. 그래서 더욱 긴장된 우리들은 선생님이 왜 늦었느냐고 묻지도 않았는데 변명하기에 급급했다.

남산에 무슨 작은 문이 있다고 해서 그쪽에 갔다가 창의문이 아니어서 늦게 되었다고 하는 조가 있는가 하면 우리는 인왕산 쪽에 있는 줄 알고 그곳을 갔다 왔다는 조도 있었다.

맨 끝으로 온 친구들은 혜화동 쪽에 있는 건물을 찾아갔는데 모이는 장소가 아니어서 물어물어 오느라 늦었다는 것이다.

담임선생님은 듣는 둥 마는 둥 별 관심 없는 듯이 불쑥 내뱉듯 하시는 말이 "힘들었겠다."였다.

그리고는 늦었지만 소풍 왔으니까 저 언덕 아래 계곡으로 내려가자며 우리 반 아이들을 끌고 갔다. 쉴 만한 자리에 우리는 자유스럽게 자리를 잡고 선생님 말씀을 듣기로 했다.

"이게 선생님 골탕먹이는 거냐. 나는 대단한 계획이 있는지 알고 기대했었는데 고작 이거야."하고 웃으셨다.

"자하문 밖으로 모이라고 하지 않고 창의문 밖으로 모이라고 한 것은 공부 좀 하라는 뜻이었어. 이번에 너희는 큰문이 몇 개며 작은 문이 몇 개인지도 알았을 것이고, 더 공부했다면 큰문 작은 문의 명칭도 알았을 거야. 그렇지 않니."한참 뜸을 들였다가 "나를 놀래 주려면 비밀도 철저히 하고 계획도 멋지게 해야지. 이게 뭐냐."하고 장난스러운 몸짓으로 우리를 웃겼다.

선생님의 기탄없는 넓은 도량에 감탄도 했고 비밀을 누설한 친구가 누구인지 궁금했지만, 우리들은 담임선생님과 함께 한바탕 웃고 즐거운 하루를 보낼 수 있었던 잊지 못할 봄 소풍이었다.

그때 우리는 선생님 말씀대로 사대문에 대한 공부를 착실하게 한 셈이다.

서울 사람들은 사대문이나 사소문을 거의 다 애칭으로 부르기 때문에 정식 명칭을 모르고 지나치는 경우가 많았었다. 그 뒤 남문 동대문을 지날 때 현판을 다시 보며 웃곤 했던 추억이 한없이 그립기만 하다. ✿

열광하는 한류와 감동

한류라는 말이 등장하기 시작한 것은 1990년대 중반 이후부터다.

동남아시아 국가들과 일본 중국 대만 등에 불기 시작한 우리나라 영상 콘텐츠를 중심으로 드라마가 인기몰이를 하면서 처음으로 중국 언론들에서 이름 붙여 부르던 한국 문화의 총칭이 한류다.

그 후 20년 가까운 세월 동안 한류는 계속 인기를 이어 오면서 세계로 계속 발전 확장되어 왔다. 한류가 역동적으로 변화 발전해 오던 초기에는 드라마가 그 중심에 서 있었고 중반에는 K-POP 아이돌 스타들이 핵이었다. 지금은 우리 문화 전반에 걸친 것들이 한류에 편승, 인기를 끌고 있는 상황이라 할 수 있다.

2000년 초반 일본에서 선풍적 인기몰이를 한 드라마 "겨울 연가"는 배용준을 욘사마 최지우를 지우히메라 존칭으로 부르며 일본인들이 사랑을 보냈던 인기 절정의 작품이다.

중국과 대만 쪽에서는 드라마 "대장금"이 배우 이영애를 한류스타 반열에 올려놓았고 한식 붐을 일으키는데 크게 기여한 작품이다. 이외에도 많은 드라마가 동남아 대부분의 국가와 중동 유럽 남미 등에 가족애를 주제로 한 작품들과 역사물들이 크게 인기를 끌어 한국 경제력과 어울려 국가 위상을 끌어 올리는데 공헌을 해왔다.

한류가 2005년 중반에 들어서면서 K-POP 아이돌 그룹의 동남아시아뿐만 아니라 유럽과 북남미 지역으로까지 크게 확산하면서 세계화에 성공하고 있다. 변화되는 한국 위상에 뿌듯한 자랑스러움과 감동을 느끼게 한다.

2011년 5월 8일 파리 샤를 드골 공항에는 K-POP 아이돌 그룹 도착을 보기 위해 몰려든 열성 팬들로 경찰까지 질서 유지에 나설 정도였다. 천여 명의 젊은이들이 한글로 쓴 아이돌 이름과 환영한다는 깃발을 들고 공항에 나와 소리 높이 스타들의 이름을 연호하는 모습은 정말 가슴 뭉클하게 했다.

우리가 한국을 찾은 외국 가수를 공항에서 마중했던 뉴스는 보았지만, 우리 가수를 마중하는 외국 젊은이들의 환영은 생소한 것이어서 더욱 흥분되는 뉴스였다. 그것도 문화 대국이라는 프랑스 공항에서 생긴 일이라 자랑스럽고 감동은 더욱 크게 다가왔다.

후진국으로 원조나 받고 자랑스러운 것 거의 없는 나라, 아니 있다 해도 국가 위상에 따라 존중받지 못했던 날들의 아픔이 있었기에 우리 것에 열광하는 세계인들을 보며 자부심과 감동을 받은 것은 당연하다.

더구나 나이 많은 분들에게는 감회가 남다르게 느껴질 수밖에 없을 것이다.

한류란 지구촌 곳곳에 부는 우리나라의 자랑스러운 바람이다.

이번 아이돌 그룹 프랑스 공연은 "2012년 한국 방문의 해"를 기념하기 위해 준비된 것이다. 뉴스로 전해진 공연에 관한 소식은 놀라움과 자랑스러움이었다. 공연 전날 열성 팬 수십 명이 야영으로 밤샘을 하며 공연을 기다렸고 공연 수 시간 전부터 공연장 앞으로 몰려든 관객들은 한글로 된 응원 피켓을 들고 스타들의 이름을 연호하기도 했다.

이들은 프랑스 젊은이들뿐 아니라 이탈리아 폴란드 스페인 영국 독일 덴마크 등등 K-POP 팬클럽 회원들이 노래와 춤을 추며 분위기를 고조시켜 열광의 도가니로 만들고 있었다.

녹화된 공연을 보고 들으면서 유럽 젊은이들이 흥분할 만하다는 생각을 했다. 공연과 관객들의 표정을 혼합 편집한 것들이어서 현장에서 공연을 감상하는 것 같은 기분이었다.

f(X)팀이 첫 번째로 등장하여 노래를 부르기 시작하자 관객들은 가수들의 노래와 춤을 따라 하며 흥분의 도가니에 빠져든다. 한국말 가사를 따라 부르고 눈물까지 흘리며 어쩔 줄 모른다. 앉아서 공연을 감상하는 사람은 하나도 보이지 않는다.

모두 서서 몸을 흔들고 노래 부르고 공연장이 떠나가도록 함성을 지르며 좋아한다. 5개 팀이 순서를 바꿔 나올 때와 퇴장할 때 박수와 함성은 잠시도 쉴 때가 없고 가수들이 부르는 어떤 노래도 모두 따라 부른다.

가수나 관객이 완전한 혼연일체다. 흥분의 도가니 그대로다. 마지막 곡이 출연진 전원의 합창으로 이어 갈 때 관객들이 '사랑해. 사랑해'를 연호하며 모두 자리를 뜨지 않는다.

막이 내리고 관객들이 퇴장하면서 우리 취재하는 기자들의 카메라에 대고 우리말로 '사랑해요. 고마워요. 다음에 다시 와요. 대박.' 등등 자기들이 아는 우리말을 쏟아내며 눈물범벅된 얼굴로 웃으며 손을 흔들고 친밀감을 나타낸다.

이 SM 파리 공연은 티켓 판매가 15분 만에 매진되는 진기록을 남겼고 표를 구하지 못한 젊은이들이 페이스북에 탄원코너를 만들어 공연 연장을 호소했지만 받아들여지지 않자 "제발 공연을 하루 더 해 주세요."라는 피켓을 들고 추가 공연 요구를 루브르 미술관 앞에서 플래시몹flash mob이란 수단을 동원 1회 추가 공연을 관철하기도 했다.

대단하고 자랑스러운 우리 젊은 스타들의 앞날이 기대된다. 그리고 너무너무 자랑스럽다. ✿

채운의 명소

구름은 종류도 많고 수시로 변하는 멋스러움도 가지고 있다. 새털구름과 햇무리구름도 예쁘고 층적운과 양떼구름도 예쁘다. 뭉게구름이 뭉게뭉게 피어오르는 모습은 신비롭기까지 하다.

다양하고 신비로운 구름들이 빛과 어울려 다양한 채색을 이루고 있는 채색 구름은 황홀함을 연출하며 변화의 멋을 자랑한다. 그래서 채색 구름은 사람의 마음을 여러 형태로 바꿔 쓸쓸하게도 하고 더없는 행복으로 다가오게도 하며 심금을 울려준다.

서녘 하늘 채운에 넋을 잃고 명상과 사색으로 시간을 빼앗기기도 하고 황홀함에 사랑하는 이들과의 추억에 빠져들기도 한다. 과학적 연구에 의한 구름의 생성과정이나 떠 있는 위치 채운의 분석들 모두가 보통 사람들에겐 그것이 중요한 것이 아니라 채운을 통해서 생겨나는 정서적 풍요로운 마음가짐이 아름다운 것이리라.

높이 떠 있는 새털구름의 황홀한 채색과 점점이 떠 있는 양떼구름 사이를 지나는 V자형 기러기의 활공을 보면서 감성에 젖어드는 것은 인간만이 할 수 있는 멋이며 즐거움이다.

아침 해돋이의 일출 광경과 구름의 조화들 저녁노을을 감상하는 것은 우리만의 정서가 아니라 전 세계인들의 공통된 정서다. 저녁노을 감상의 장소로 소문난 곳에는 일몰을 구경하려는 사람들로 붐비고 일출의 장엄함을 보려는 사람들은 새벽 등산을 통해서나 동해 바닷가 모래사장에서 해맞이를 즐기는 장사진이 이뤄진다.

하늘과 태양 그리고 구름이 한데 어우러지는 찬란한 빛의 잔치는 채운으로 귀결되어 뭇 사람들의 탄성과 환희로 사랑받는다.

우리나라에는 동해안에 일출 명소로 정동진이라는 예쁜 마을이 있고 강릉 경포대나 양양의 낙산사도 있다. 뿐만 아니라 동해는 거의 모든 바닷가가 일출을 볼 수 있는 장소다.

서해에서는 어디서나 낙조를 볼 수 있고 남해에서는 해운대 누리마루가 소문난 곳이기도 하다. 바닷가에 해지는 곳에서 보는 오색구름의 잔치는 환상적이다. 바다로 빠져드는 붉은 노을과 푸른 바다 그리고 멀리 떠 있는 섬들은 한 폭의 수채화다.

전남 영광의 백수 해안도로도 빼놓을 수 없는 드라이브 코스의 저녁노을 관광지로 유명하다. 바다와 기암괴석 야생화 들꽃들이 흐드러지게 피어 있는 백수 해안 도로에는 노을 전시관까지 개관되어 있다.

외국에서 본 낙조가 인상적이었던 곳은 야자수와 역사 유적들이 저녁노을과 어우러진 필리핀 세부와 몽마르트르 언덕에서 본 채운, 앙코르와트에서 본 노을이 가장 인상적이었다. 남경 연자석조燕子夕照도 좋았고 덴마크에서 본 뭉게구름도 좋았다.

여행 중 비행기 창가에 앉기를 좋아한다. 밤이면 별들도 보고 행운으로 지상 도시의 불빛을 볼 수도 있고 낮이면 저 멀리 다양한 뭉게구름을 보면서 상상의 나래를 펼쳐 볼 수 있어서 좋다.

나는 이와 같은 자연 현상만을 좋아하고 즐거워하는 것이 아니다. 그 아름다움을 통해서 생겨나는 감정들이 더욱 좋다. 그래서 채운을 사랑할 수도 있고 언제나 사랑스러운 대상으로 감싸며 즐거워할 수가 있어서 좋다. 언제 어디서나 채운을 만나면 시골집 뜰에 앉아 서녁 날에 채운을 즐기던 어린 시절이 떠오른다. 그래서 채운은 내 마음속 사랑이며 영원한 동반자다.

삭막한 도심이 아니고 채운과 하나 되는 그 날들이 이어졌다면 낙원 속 행복은 몇만 배로 더 컸으련만 잃어버린 파라다이스 로스트 Paradise Lost가 되었다.

우리 집 서쪽 베란다에서도 서녁 하늘에 뜨는 채색 구름이 저 멀리 고층 아파트촌 너머로 시원한 산자락을 끼고 권운이 깔려있다.

자연의 신비는 가슴 뭉클하게 한다. 자연의 아름다움을 사랑으로 속삭여라. 자연은 우리에게 지혜를 주고 풍요로운 삶과 행복을 만들어 주는 원천이기 때문이다. 채운彩雲! 언제나 사랑스러운 모습이다. 🌸

단성사와 서부영화

감수성이 예민하고 정의감에 곧잘 흥분하기도 하던 고등학교 시절이 있었다. 종로 3가에 단성사라는 일류급 영화관이 있었는데 지금은 그 건물이 헐리고 지상 9층으로 된 건물을 세워 멀티플렉스로 재개관한 영화관이 들어섰다.

추억이 묻어있는 영화관이다. 시골에 있는 중학교에 다니다가 서울로 유학 와서 삼류급 영화관은 친구들과 모자를 책가방 속에 넣고 몰래 가보기는 했지만 일류 영화관을 가 본 곳은 단성사가 처음이다. 그것도 극장 매표소에서 근무하는 분의 초대를 받아서 간 것이라 더욱 마음이 설레었다.

삼류 영화관과는 다르게 흰색 커버를 씌운 의자 뒤에는 가나다순의 열이 있었고 그 열에 따라 좌석표가 지정되어있는 것부터가 달랐다. 깨끗이 정돈된 장내는 손님들이 조용히 상영을 기다리고 있을 뿐 삼류 영화관처럼 혼잡하지도 잡냄새도 없이 시원스러워 좋았던 기억이다.

상영될 서부영화를 기다리며 흥분이 되었다.

서부영화란 미국 서부 미개척의 땅을 배경으로 법을 준수하며 신세계를 만들어 가는 강인한 개척 농민과 이들을 괴롭히는 악당들과의 대결을 주제로 하는 내용이 대부분이다.

그래서 서부 영화에는 보안관과 카우보이 포장마차와 말 그리고 검은 연기를 내 뿜는 기차, 인디언 등이 단골로 등장한다.

땀이 짙게 밴 셔츠나 앞섶에 술로 장식한 가죽조끼를 풀어헤쳐놓고 모자는 양옆을 반쯤 말아 올린 채 말을 달리는 카우보이들의 일상의 모습과 먼지가 풍기고 정의와 결투가 상존하며 악당을 징벌하는 속 시원한 이야기가 청소년들에게 대리만족의 무한한 쾌감을 주는 영화다. 최고의 빠른 총 솜씨를 보이는 건맨gunman의 자신에 찬 당당한 모습에 감탄하고 남자다운 멋에 매료된다.

영화가 시작되면 음산하거나 서글픈 듯한 시그널 음악이 화면 가득 깔려 들려오고 광활한 불모지 같은 땅에 먼지를 일으키며 말을 탄 피곤해 보이는 주인공이 허리에 권총을 차고 말에는 가죽 물병과 장총을 매단 채 땀 배어있는 텐 갤런 햇의 넓은 챙 옆을 말아 쓰고 나타나는 것이 서부영화 대부분의 첫 장면이다.

청소년들의 감성을 자극할만한 충분한 요소들이 화면에 넘쳐나고 서부의 색다른 자연과 드넓은 평원이 이색적으로 다가와 감탄을 자아내게 한다.

서부영화는 독특한 그들만의 컨벤션이 흥미와 재미를 더 한다.

영웅적인 건 맨과 검은 복장의 악당이 나오고 아슬아슬한 약속된 결투와 서부 개척 마을의 풍습들이 조화를 이루며 이국적 풍경과 남녀의 애정 표현 그리고 생활상들이 생소하지만, 볼거리를 더해 주어 흥미롭다.

서부를 개척해 가는 개척민의 강인한 의지와 굴하지 않는 숭고한 정신, 서로에게 힘이 되어주며 협동하는 삶의 모습들이 짠한 마음으로 가슴을 뭉클하게 하기도 한다.

그러나 무엇보다 서부영화의 멋은 악당과의 마지막 결투에서 승리하고 마을 주민들을 안정시킨 뒤 말을 타고 유유히 떠나가는 건 맨의 의젓한 멋이리라.

서울 중구 남대문로에 있는 한국은행 본점 앞에 있었던 동화백화점(현재 신세계백화점으로 개명) 4층인지 5층인지에 두 편씩 영화를 상영하는 삼류급 영화관이 있었다.

토요일이면 친구들이 모여서 서부영화를 즐겨 보았던 곳이다. 보지 않았던 서부영화를 상영한다는 예고편을 기억해 두었다가 그 좁은 영화관에서 수도 없이 서부영화를 즐겨 보았던 고등학교 시절이 어제만 같다.

파라마운트 픽처스에서 제작한 G 스티븐슨 감독의 영화 "셰인 shane"도 그 시절 그곳에서 보았던 최고의 감동을 받은 영화 중 하나다. 미남 배우 앨런 대드와 진 아서의 주연으로 마지막 장면이 너무 좋았던 영화였다.

악당들을 물리치고 석양 너머로 말을 달려 사라져 가는 셰인을 눈 큰 아이 가 막 뛰어 따라가며 "셰인 아저씨 사랑해요" 하는 소리가 지금도 귓가에 잔잔히 맴돌며 들리는 듯하다.

　단성사에서 본 서부영화는 "O.K 목장의 결투"였던 것으로 기억된다. 1957년 파라마운트에서 제작하고 존 스터지스가 감독했으며 출연진으로는 버트 랭커스터, 커크 더글러스, 론다 플레밍 등이 출연한 영화다. 서부영화의 최초의 작품은 아니지만, 서부영화의 효시로 우러러 볼 만한 영화 중 하나다. 출연진도 최고의 스타들이 열연했고 제작비도 많이 들어간 영화다. 편집이나 음향 효과 등이 오스카 수상 작품에 오를 정도로 인정받은 영화이기도 하다.

　내용은 서부영화가 대부분 그렇듯이 서부에서 가장 빠른 총잡이인 닥 하리데이에게 형의 복수를 하겠다고 대들던 악당이 닥에게 죽임을 당하게 되고 닥은 살인죄로 교수형을 당하게 되는데 그때 마침 전설적인 보안관 와이어트 어프의 도움으로 살아서 피신한다.

　그 후 우연히 두 사람은 다시 만나 은행 강도들을 처치하고 마을을 구한다는 줄거리가 주제인데 전개되는 과정의 긴박함과 총싸움의 장면들이 치열하게 전개되는 영화였다.

　서부영화들이 갖는 주제의 단순함은 대동소이하다. 그러나 그 단순함 속에 남자들만의 의리 그리고 거부할 수 없는 정의감에 죽음도 불사할 수 있는 불굴의 용기와 명예들이 서부영화에는 가득 담겨있어 젊은 이들에게 사랑받게 되는 것이 아닐까 생각된다.

　지금도 기억에 남는 서부영화는 장고, 석양의 무법자, 하이눈, 황야의 결투. 석양의 결투, 집행자들, 황야의 무법자, 수색자, 그 밖에도 제목이 생각나지 않을 정도로 많다.

고등학교 시절 친구들이 모이기만 하면 서부영화 이야기나 총 쏘는 흉내를 내며 장난치던 시절이 그립기만 하다. 일류급 영화관인 단성사에서 소년 시절 영화감상을 하며 즐거웠고 학교에 가서 자랑삼아 이야기했던 단성사, 지금은 그 본 모습이 사라져 아쉽기만 하다. ✿

한강 노천 수영장

1950년대에는 한강에도 여름이면 노천수영장이 성황리에 개장되었다. 한강대교 위쪽 모래톱이 있었는데 강 너머로는 국립 현충원 서쪽 편의 산과 본동 쪽 높은 산 사이에 흑석동이 보였었다. 강 건너 시골 마을 같은 흑석동을 바라보며 생긴 한강 노천수영장은 서울 젊은이들의 여름나기에 멋진 장소였다.

서울역 쪽에서 오는 전차는 한강대교 중간이 종착역이었고 영등포 쪽에서 오는 전차는 한강대교 진입 직전 본동 재래시장 입구가 종점이었다.

한여름이면 본동과 한강대교 중간은 늘 북새통이었다.

한강대교 동편으로 긴 모래사장이 펼쳐져서 노천수영장이 열릴 수 있었고 한겨울이면 스케이트장이 개설되기도 했다.

요즈음 젊은이들은 상상도 되지 않을 일이지만 생활이 어려웠던 때라 여름 피서를 그곳에서 즐길 수밖에 없었고 지금처럼 실내 수영장이나 실내 스케이트장은 상상도 할 수 없는 시절이었기에 겨울 노천스케이트장이나 여름 노천수영장은 당연한 것이었는지도 모른다.

젊은이들이 호사스러운 수영복을 입고 한강 모래밭을 거니는 것이 자랑이었고 낭만이었다. 지금처럼 보기 좋은 물놀이용 튜브는 아니지만, 군용 자동차 바퀴에 쓰이는 튜브를 가지고 놀면서도 신 났으니 말이다.

1950년대는 전쟁의 포화가 수많은 사람을 희생시켰고 서울 거리 곳곳에는 전쟁의 상흔들이 남아있었다. 53년 7월 이후 한국전쟁 정전협정 체결로 사회가 안정되어가기는 했지만, 50년대 중반 이후까지도 고아들이 넘쳐나고 살기 힘든 사회 현상이 이곳저곳에 나타나던 때였다.

그런데도 살아있는 사람들의 삶이 중요하니까 옛날부터 해오던 일상의 일들은 때가 되면 어김없이 이어져 왔다.

무더위를 피해서 먼 곳으로 피서 여행을 떠나는 것은 오늘날의 이야기고 50년대에는 더우면 아이들은 물가에 가서 수영복 없이 알몸으로 물속에 뛰어들어 수영을 했고 어른들은 어두운 밤에 개천이나 강가에 나와 등목을 즐기는 것이 고작이었다.

한강 모래사장에 비치파라솔과 텐트를 모래톱에 세워 놓고 여름을 즐길 수 있는 그 당시 젊은이들은 복 받은 사람들이라고 해야 옳을 것이다.

용산이나 노량진 쪽에서 학교에 다니던 고등학생들이 떼 지어 놀러

왔다가 패싸움도 하고 화해 후 친구가 되어 함께 어울리는 풍경도 자주 눈에 띄던 때였다.

1956년 고등학교에 입학한 나는 덩치 큰 학생들의 험악한 언행과 태도에 늘 겁먹고 살았다. 그 당시 고등학생들의 유행은 구두에 U형 말징을 뒤창에 박고 군화처럼 목이 긴 구두를 신고 책가방은 옆구리에 끼고 다니는 것이 거친 학생들의 유행이었다.

이런 학생들이 대여섯 명씩 떼를 지어 다니면 주변 사람들은 피해주는 것이 상식처럼 되어 있었다. 그 당시 모든 고등학생이 그런 것은 아니고 불량한 소수의 학생이 그랬다.

뚝섬에도 노천수영장이 한강수영장처럼 개장했었는데 친구들이 놀러가고 싶어도 선뜻 나서기를 꺼릴 정도였다. 불량한 학생들은 사람들 모이는 곳에 가서 힘을 과시하는 것이 목적이라 이유 없는 시비를 걸기 때문에 선량한 학생들은 늘 조심스러웠다.

전쟁은 인간성마저 난폭하게 만드는 괴물이다.

50년대는 전쟁 후라 난폭한 사람들이 많았다. 상이용사들은 국가가 제대로 돕지 못하니까 난폭 해 질 수밖에 없었고 그런 모습들을 지켜보며 성장하는 청소년들도 난폭성에 대해 둔감하고 힘이 최고인 양 폭력을 정당화하려 했었다.

이웃 학교 간 소위 어깨들이 패싸움을 벌이고 어느 고등학교에 누가 최고라더라 가서 한판 붙어보자고 하는 시비마저 있던 때니 사람이 모이는 수영장에는 오죽하겠는가?

고등학교 훈육선생님들은 사람이 모이는 공공장소나 극장에 생활지도를 다니기까지 했다. 한강 노천수영장이나 뚝섬 노천수영장이 서울에서 여름을 즐길 수 있는 곳인데 그곳에서 얻은 즐거운 추억보다는 험악했던 어깨들의 횡포가 기억날 뿐이어서 아쉬움이 크다.

그러나 어쨌든 젊은 날의 기억은 행복하기만 하다. ❁

전통민요 아리랑

우리나라 민요는 노동요勞動謠나 의식요儀式謠가 대부분이다.

유희요遊戲謠도 있기는 하지만 그리 많지 않다. 민요란 예술음악에 대립하는 말로 민중들의 소박한 일상에서 느껴지는 것들을 노래한 것을 말한다. 그래서 특정한 작사자도 없고 작곡가도 없다.

민중의 생활 감정을 소박하게 표현한 것들이라 그 속에는 민족의 정서가 함축되어 있다고도 할 수 있다.

민요는 일시적인 것이 아니라 자자손손 이어져 오며 불려 오는 노래다. 전래되는 방법도 입으로 전해지는 구전이다. 서민의 애환이 구구절절이 담겨 듣는 이들로 하여금 가슴 메어 오게 하는 애절함이 있다.

우리 민요의 대표적인 아리랑도 한가지다. 역사적 관점에서 보면 아리랑은 아주 오래된 민요는 아니다. 이조 후기에 부르기 시작했고 악보로 기록된 것은 1896년 미국인 선교사에 의해서라고 전해진다.

아리랑을 듣고 있노라면 애달픈 한恨을 느낀다. 서민들의 말 못 할 아픔과 크나큰 고통이 서려 있는 애절한 가락이다.

높지도 않은 저음으로 자탄하듯 읊조리는 소박함도 있고 원망과 자조自嘲도 느끼게 한다. 너무나도 평범하고 특단의 호소력이 있는 것 같지도 않으면서 은은하게 전해지는 아픔과 서러움을 느끼게 하는 것이 아리랑이 보여주는 조용한 순수의 정서이지만 발호跋扈하듯 강한 슬픔을 안고 있기도 하다.

그래서 아리랑은 우리 민족 정서를 그대로 닮았다고 한다. 양처럼 순박하기 이를 데 없는 조용하고, 착하고 순한 민족이라 저항보다는 순리에 따라 적응하며 순응하는 여리디여린 민족혼이 담겨있다.

아리랑의 가락에는 참고 인내하며 스스로 자기를 버리는 듯하지만, 그 속에는 강인함도 깊이 숨겨져 있다. 슬픔으로 저항하는 끈질김도 있어 더욱 안타까운 슬픔이다. 노동요도 그렇고 제례요도 모두 구슬픈 아픔을 담고 있는 것이 대부분이다. 한과 눈물을 듣고 볼 수 있게 하는 것이 우리 민요의 특징이라 할 수 있다.

요즈음은 리메이크한 가곡 아리랑도 있다. 세계적 소프라노 조수미가 부르는 '아리 아리랑'은 민요 그대로 부를 때 느낄 수 없는 애절함이 짙은 감동으로 전해져 온다. 눈을 감고 듣고 있노라면 어느새 눈물이 핑 돌게까지 만든다. 고음으로 처리되는 또 다른 절규 같은 정서가 아픔으로 이어져 오고 장식음들의 처리가 애상을 더욱 짙게 만든다. 알 수 없는 슬픔이 가슴 깊이에 차곡차곡 쌓이는 느낌이다.

편곡되어 불리는 민요 중에는 한오백년도 있다. 아리랑의 아류亞流의 하나지만 이 곡도 사람의 애간장을 녹이는 민요다.

조용필이 리메이크해서 부르는 '한오백년'도 눈물 나게 만드는 노래 중 하나다. 조용필의 대표적인 곡 중 하나일 것이다. 고음으로 처리되는 한오백년의 한과 서러움이 천상의 목소리라는 조용필의 목소리를 타고 절규하듯이 울려 올 때면 가슴속까지 찡해 옴을 느낀다. 가사의 내용과 관계없이 가락에 넘쳐나는 슬픔과 절망 같은 아픔들이 맥맥脈脈히 이어질 때 생기는 그 절규가 귀를 멍하게 만든다.

한을 한으로 막고 애상을 슬픔으로 달래듯 심사가 울적할 때는 나도 모르게 조수미의 '아리 아리랑'이나 조용필의 '한오백년'을 듣는 것이 습관이 되어 오디오에 CD를 올려놓고 리피트repeat 해서 듣는다. 그 때마다 느껴지는 것은 우리 민족의 한의 정서가 얼마나 깊은 것인가를 느끼게 한다. 한恨과 별리別離의 정서가 민족적 정통의 정서와 같기 때문에 시대를 초월한다고 볼 수 있다.

과거와 현재에 이르기까지 우리 한의 정서를 대변해 주었던 민요들이 원형 그대로든 리메이크해서 부르든 아리랑이나 아리랑 아류의 민요들이 있다는 것은 보람있는 일이고 앞으로도 잘 보존되어야 하리라.

그러나 우리 젊은 세대들이 민요에 대한 호응도가 낮고 보존의 가치를 절실하게 느끼지 못한다는 점에서는 아쉬움과 안타까움이 있다. 의도적으로라도 우리 민요의 보급이나 보존을 위한 노력이 필요하리라 본다.

조수미의 '아리 아리랑'이나 조용필의 '한오백년' 같은 리메이크된 노래를 젊은이들도 좋아할 수 있는 노래이니만큼 이들에게 널리 듣게 하여 보급하는 것도 한 방법일 것이다.

더구나 아리랑은 2012년 유네스코 세계문화 유산으로 지정되었으니 더 말할 나위가 없다. ✿

4 감동의 지구촌

파리에는 산이 없다. 에펠탑 300m 위에
서 보아도 산이 보이지 않고 몽마르트르
언덕에 올라서 사방 어디를 보나 산은
없다. 끝간데없는 평원이 보일 뿐이다.
파리에서 이 언덕이 제일 높단다.
　백색 사크레쾨르 성당은 이 언덕 맨 위
에 신비스럽게 우뚝 서 있다.
몽마르트르 언덕은 순교자의 언덕으로도
불린다. 교주, 신부, 부제, 세 분이 순교
한 언덕이라 옛날에는 언덕으로 불렸지
만, 지금은 환락과 예술과 관광객이 붐
비는 곳이 되고 말았다. 그래서 지금은
몽마르트르 언덕이라고만 부른다.

　　　　　　　—「몽마르트르 언덕」 중에서

세계 속의 한강

각 나라마다 도심을 관통하는 세계적으로 유명한 강들이 있다.

잘 알려진 영국의 템스 강 프랑스의 센 강 방콕 차오프라야 강 캄보디아와 베트남을 이어 흐르는 메콩 강 등등 많은 강이 있다. 그러나 가서 보면 우리나라 한강에 비교가 안 되는 작은 강들이다.

한강의 강폭이 1km 이상인 데 비해 위에 열거한 강들은 그에 반목도 안 되는 강들이 대부분이다. 주변 경관이 아기자기해서 유명세를 탄 것으로 볼 수 있으나 우리나라 한강의 시원한 모습과는 천양지차라고 할 수 있다.

한강 여의도 유람선 선착장에서 일반 유람선을 타고 1시간 동안 관광할 수 있는 코스를 돌다 보면 서울의 환상적인 모습에 경탄하게 된다.

멀리는 높은 산들이 보이고 가깝게는 고층 아파트 숲들이 여러 형태로 멋을 내고 있고 이름을 알 수 없는 빌딩들이 줄을 잇는다. 오후 시간대에는 63빌딩 너머로 아름다운 저녁노을이 도심을 수놓는다. 빌딩 숲과 노을 그리고 점점이 떠 있는 구름들은 한 폭의 수채화다.

물새들의 활공도 보이고 밤섬에 사는 여러 종류의 새들도 한가로이 노닐고 청둥오리와 원앙 몇 쌍이 물 위에 떠돌며 예쁜 자태를 뽐낸다. 하늘색도 파랗고 강물도 파랗다. 강변 산책로와 공원에는 잘 다듬어진 나무들이 있고 휴식 나온 시민들의 다정한 모습들이 인상적이다.

원근 간의 조화는 물론 다리와 도시가 만들어 내는 실루엣을 감상하며 시민들은 산책길을 걷는다. 아름다운 모습이다.

방콕의 차오프라야 강이나 베트남 메콩 강의 물들은 모두 황토색이라 우리나라 장마철에나 볼 수 있는 물색이라 지저분해 보인다. 빌딩과 황토물이 어울려 거칠고 억세 보이는 정감에 별 호감이 가지 않는다. 그런데 우리 한강은 청정한 멋으로 주변과 너무도 잘 어울려 볼 만하다.

외국인들이 유람선에 승선해서 관광하며 지르는 탄성은 자연과 하나가 된 한강의 멋과 대형의 대교들이 빌딩과 어울린 모습에 경탄해서다.

센 강을 한강과 비교한다면 크기 면에서 강과 하천 정도라고나 하는 것이 알맞을 것이다. 다만 넉넉한 물의 흐름이 있고 아기자기한 다리들이 예술적으로 만들어졌다는 것이 볼만하다고 할 수 있다.

다양한 교각의 디자인들이 주변의 경관과 소통하는 특성이 엿보여 아름답다. 또한 다리의 역사와 의미 부여를 통하여 관광객의 관심을 끌어 모으는 것도 하나의 특징이다.

산이 없는 파리 시내는 평지와 같다. 센 강 어디에서든 에펠탑이 보이는 정도다. 여러 각도에서 볼 수 있는 에펠탑은 확실히 멋진 모습을 연출해서 좋다. 그리고 1800년 초에 건설되었다는 퐁데자르 다리는 카뮈, 사르트르, 랭보 등이 자주 찾아와서 센 강을 바라보며 작품 구상을 했다는 의미를 더 해 관심을 모으기도 한다.

한강에도 18개의 다리가 있는 줄 아는데 다리에 역사성이나 의미를 부여하여 머릿속 깊숙이 각인시키는 작업도 좋지 않을까 한다. 가수 주현미가 부른 영동대교에 대한 이야기를 극화시킨다든지 하면 좋을 것 같기도 하다.

센 강의 작은 다리들이지만 30여 개가 있는데 그 다리만 걸어도 근현대사의 흔적을 알 수 있도록 관광코스가 되어있어 좋다.

크기 면에서 영국의 템스 강은 센 강보다 크지만, 한강에는 비교가 안 된다. 그러나 템스 강 주변은 역사의 흔적들이 멋스럽고 장엄하게 펼쳐져 있어 멋스러움을 더하는 것도 사실이다. 대리석 건축물들이 즐비하게 늘어선 모습은 웅장하고 품위가 있어 시선을 모은다.

한강만큼 시원스러운 강이 도심 한복판을 힘차게 흘러가는 모습을 볼 수 있다는 것은 행복한 일이다. 템스 강이나 센 강의 유명세만큼은 알려지지는 않았지만, 한강은 그것들에 못지않은 아름다운 강이라는 사실에 자부심을 느낀다.

파리의 랜드마크인 에펠탑이 센 강에서 보인다면 런던은 빅벤이 멋지게 세워져 있음을 볼 수 있듯이 한강은 남산타워가 보이고 63빌딩도 보인다.

　서울의 한강은 원근에 정원 같은 자연 풍광이 멋스러워 명소가 없어도 조금도 뒤질 것이 없다. 무엇보다 시원스럽고 원근의 차이에 따라 생기는 멋과 청명한 날씨, 푸른 하늘, 어느 것 하나 외국 유명 강과 견주어 손색없는 곳이 한강이다. 🌸

밀포드 사운드

뉴질랜드 최고의 관광지 밀포드 사운드를 여행하기 위해 북섬 포클랜드에서 비행기로 남섬에 도착, 크라이스트처치에서 하루를 숙박하고 아침 일찍 관광버스에 올랐다.

색다른 경관이 아름다워 피곤해도 눈을 감을 수가 없다. 넓은 들과 야트막한 산자락엔 수많은 양 떼들이 평화롭다. 끝없이 펼쳐진 초지와 평야가 있는가 하면 높은 산들이 구름을 안고 원시림처럼 포근하게 잠들어 있다.

계곡에서 흘러내리는 물은 에메랄드빛이다.

도로엔 차들도 보이지 않고 넓은 들에 일하는 사람 하나 눈에 띄지 않는다. 외로움을 느낄 정도의 신비스러운 자연경관 외에 아무것도 없다. 흠집 하나 없는 자연만 고요 속에 묻혀 있을 뿐이다.

우리나라 두 배 크기의 땅에 인구는 대구시민 정도이니 그럴 법도 하다. 차도 사람도 보기 힘든 것은 당연하다. 그나마 초지와 양 떼들의 움직임이 있어 사람이 살긴 사는구나 하는 생각이 들 정도다.

드넓은 대평원과 파란 하늘 그 위에 떠다니는 구름이 청정한 자연을 더욱 신비롭게 감싼다. 시원한 바람 소리와 청량감 넘치는 공기의 달콤함에 넋을 잃고 아무 생각도 못 하게 한다.

출발지에서부터 얼마나 왔는지는 모르지만 멀리 만년설로 뒤덮인 마운틴 쿡 정상이 데카포 호수 너머로 보인다. 먼지 하나 없는 공기 덕분으로 청명한 날에는 100Km나 되는 먼 곳까지 보인다는 뉴질랜드의 가시거리가 부럽다.

데카포 호수가에는 돌로 지은 작은 교회가 "선한 목자의 교회"라는 이름으로 길옆에 세워져 있다. 양몰이 개를 기념한 동상이 있는 한적하고 평화로운 풍경이 그림처럼 보이는 외진 곳이기도 하다.

에메랄드빛 호수와 멀리 보이는 설산이 한데 어울린 오묘한 빛깔은 말로 다 표현하기 어려운 아름다움이다. 관광지의 혼잡이나 인위적인 볼거리는 아무것도 없는 자연경관이 예쁘게 펼쳐져 있을 뿐이다.

호숫가에서 잠시 쉬었던 관광버스는 다시 산야를 달려 밀포드 사운드를 찾아 힘겹게 달려간다. 멀리 설산도 보이고 산과 나무들을 맑은 호수 속에 품은 듯 산 그림자가 밀러라는 이름의 호수 속에 잠겨 있고 빙하가 녹아 흐른다는 아름다운 강도 지나간다.

비가 오면 온 산이 실 폭포가 되어 장관을 이룬다는 바위산과 녹색 이끼가 밀림의 고목들을 뒤덮은 괴기스러워 보이는 숲도 보고 만년 설산에서 굴러떨어졌다는 얼음 바위도 보았다. 모든 것들이 생소한 것이어서 신기할 뿐이다.

다섯 시간이 넘도록 달려서 밀포드 사운드에 도착해 크루즈 여행을 시작하기 위해 터미널 건물 안으로 들어가 예약된 유람선에 승선했다. 내부 시설이 잘 갖추어진 배다.

유람선이 출발하자마자 갑판 위로 올라가 협만峽灣 주변의 풍광을 보면서 깎아 놓은 것처럼 보이는 단애斷崖가 놀랍다.

U자형으로 내륙 깊숙이 길게 뻗어 있는 협만을 피오르fjord라 하는데 양쪽 곡벽谷壁은 높은 절벽이다. 밀포드 사운드도 피오르의 하나다. 절벽이 생긴 것은 빙식곡氷蝕谷이 침식작용에 의해 만들어진 것이다. 세계에서 가장 긴 피오르는 204Km 가량 되는 노르웨이에 있는 송네피오르라고 한다.

유람선이 움직이면서 전면으로 보이는 것은 거대하게 솟아 있는 바위산들과 협만 양쪽의 절벽이 버티어 서 있고 그 위쪽으로는 무성한 나무와 물안개가 바위산 중턱에 걸려 있다. 더 먼 곳으로는 설산이 보인다.

협만에 펼쳐지는 이색적 풍광이 장엄하다.

승선 후 첫 번째로 눈에 들어온 것은 보웬bowen falls폭포였다. 폭포의 폭이 넓어서 위엄을 갖추고 있고 그다음으로는 요정들의 폭포 fairy falls가 눈에 띈다. 비가 그치면 폭포 주변으로 오색 무지개가 뜬다고 해서 붙인 이름이란다.

얼마쯤 더 갔을 때 절벽 밑으로 넓은 바위들이 이곳저곳에 흩어져 있고 씰록seal Rock이라 명명된 바위 위에는 몇 마리의 펭귄과 물개들이 무리 지어 낮잠을 즐기고 있다.

절벽 곳곳에는 크고 작은 폭포수들이 각양각색으로 장관을 이루고 있고 남극 바다로 나가는 테일 포인트에서 크로즈 선은 반환점을 돌았다.

밀포드 사운드 입구를 지난 지 얼마 되지 않아 협만 안에서 제일 장관으로 꼽힐만한 스틸링폭포stiring falls가 위용을 나타낸다.

세계적으로 유명한 나이아가라 폭포는 51m인데 스틸링 폭포는 155m라고 하니 대단하다. 까마득한 곳으로부터 쏟아져 내리는 물줄기와 부서져 내리는 물방울 세례는 영원히 잊을 수 없는 추억이다.

선장이 일부러 관광객들을 선수에 모아 놓고 부서져 내리는 물방울을 맞을 수 있도록 떨어지는 폭포수 가까이 가는 이벤트를 연출하여 여행객들을 즐겁게 해 주어서 좋았다.

밀포드 사운드의 협만은 우리가 흔히 볼 수 없는 피오르라는 점과 남극의 관문에 왔다는 심리적 감동이 없었다면 소개되는 명성만큼 대단한 관광지로는 느껴지지 않았다.

긴 협만과 양옆 드높은 절벽의 위용마저 없었다면 우리나라 남해안 해상국립공원만큼 아기자기한 멋은 느끼기 어려운 것이 사실이다. 그런데다가 날씨마저 안갯속 같은 우중충 함이 시야를 가려 더욱 그런 느낌이었다.

금강산도 식후경이라더니 유람선 2층에 마련된 뷔페식당의 음식도 맛깔스러웠고 그곳에서 아르바이트로 서빙 하는 청년이 한국인이어서 반갑기도 했다.

밀포드 사운드 국립공원 전부를 본 것이 아니라 함부로 말하기는 어렵지만 오는 길에 차장으로 보았던 자연이 더 인상적이었던 것 같다.

뉴질랜드 남섬은 남극을 가려는 배들의 기항지이기도 하다. ✿

랑겔리니 인어공주

코펜하겐의 첫인상은 동화 속 같다는 생각을 했다.

시내로 들어 서기전 넓은 전원에 야트막한 집들이 군데군데 그림처럼 펼쳐져 있고 바닷가에는 배들이 한가롭기만 해 보인다. 바다와 구름과 전원의 풍경은 아름답고 시내의 건축물들은 견고하고 웅장해 보이기는 하지만 높은 빌딩은 보이지 않는다.

시청 첨탑 전망대에서 시가지를 내려다보면 끝 간 데 없이 이어진 지평선 너머의 푸른 바다와 높지 않은 건축물들이 예쁘게 자리 잡고 있을 뿐 특별히 눈에 띄는 건물은 없다. 대도시에서 흔히 볼 수 있는 빌딩 숲이 없어서인지 자꾸만 동화 속에 나오는 풍경처럼 느껴지게 만든다.

아말리엔보그 궁전과 프레드릭스 교회가 있는 광장 너머에 잘 가꾸어진 정원과 그 건너편 오페라 하우스가 멋지게 자리 잡은 곳에는 많은 관광객들이 몰려 있지만 시가지는 평화스럽기만 했다.

가로등이 지주 없이 하늘에 매달려 있는 것이 이색적이고 자전거 이동인구가 많은 것이 다른 도시에서 볼 수 없었던 풍경이라 신기했다.

코펜하겐 탄생신화에 나오는 게피온 여신이 네 마리의 황소를 몰고 있는 동상이 자리 잡고 있는 게피온 분수대도 멋스러웠다.

시청 청사 옆에는 동화작가 안데르센 동상이 옆으로 티볼리공원을 바라다보며 앉아 있다. 그가 생존 시 집필 활동을 한 뉘하운 운하 주변에는 알록달록한 건축물들과 레스토랑이 줄지어 있고 안데르센의 거리와 기념관이 있는 곳은 관광의 명소가 되었다.

분수대에서 그리 멀지 않은 곳에 그 유명한 인어공주 동상이 있다.

운하를 따라서 오르다 보면 랑겔리니의 해변 바위 위에 작은 인어공주가 앉아서 수많은 관광객을 맞이하고 있다. 그러나 관광객들은 인어공주 동상이 너무나도 작은 것에 실망하기도 하고 안쓰러워하기도 한다.

인어공주는 어린이 동화 속에 등장하여 많은 사람에게 사랑을 받아왔고 어린 날 인어 공주에 대한 이미지가 깊게 간직되어 있는 어른들에게도 관심이 되어 왔던 작품임이 틀림없다.

랑겔리니 해변에 있는 인어공주 작품이 아니라도, 인어공주라는 주제로 쓰인 동화나 만화, 영화들도 많이 있다. 인어공주의 존재에 대한 진실 여부를 떠나 인어에 대한 전설적인 이야기는 세계 여러 나라에 퍼져있다.

바다를 무대로 살아가는 뱃사람들의 상상적인 산물이든지 아니면 인간의 모습과 비슷한 형태를 갖은 물고기를 보고 착각으로 생겨난 이야기인지는 모르지만 많은 사람의 가슴속에 살아 있는 인어 이야기들이 있다.

월트디즈니 프로덕션이 제작한 영화도 그렇고 만화 작가들이 만든 만화 속 인어도 사람들 마음속에 살아 있다.

인어공주의 전설은 낭만적 꿈과 열망을 가져다주는 소재로 다루어지기도 하고 슬픈 이미지로 안타깝게도 한다.

인어에 대한 이야기는 하이브리드 신화에도 등장하는 것으로 보아 고대부터 인어 이야기는 있었던 것으로 안다.

전설적인 크리스토퍼 콜럼버스가 이상스러운 생물 서식 연못에서 인어와 직접 대화를 나누었다는 이야기로부터 허드슨은 자기 외에 다른 사람들과 함께 몰타 고대 섬에서 인어를 목격했다는 이야기까지 있다. 과학적으로 증명할 수 없는 이야기가 끝없이 존재하며 이어져 왔다.

그래서인지 코펜하겐 랑겔리니 해변의 작은 인어공주 동상을 찾는 전 세계 관광객들이 줄을 잇고 있다. 그런데 랑겔리니 해변가 인어공주 동상에 가해를 하는 일이 종종 있어서 안타까움을 느낀다.

인어에 대한 존재 여부를 떠나서 하나의 작품으로 사랑하고 아껴주는 것도 좋지 않을까 한다. 예술 작품이란 작가의 상상 세계를 표출한 것이므로 사실이냐 가상이냐를 따지는 것은 있을 수 없는 일이다.

소설 속 주인공은 어디까지나 작가가 허구로 만든 가상의 세계를 형상화시켜 현실처럼 보이게 했을 뿐이다. 인어공주 동상도 인어가 있든 없든 상관없이 작가가 만들어 낸 작품일 뿐이다.

인어공주 동상은 덴마크의 것만이 아니라 이제는 세계인의 것이기도 하다.

그런데 어떤 특별한 이유도 없이 인어공주 동상의 머리 부분을 잘라서 바다에 버리기도 했고 팔을 잘라 버리기도 했던 일이 있다는데 몇 년 전에는 전파시켜 바다에 버린 일까지 있었다고 한다.

다시 복원해서 지금은 볼 수 있게 되었는데 이번에는 온몸에 페인트칠을 해서 말썽을 일으키고 있다. 몰지각한 사람이 누구인지 왜 그래야 하는지 알 수가 없다. 숭고한 예술적 가치를 갖은 작품은 세계인의 것이라는 점을 알았으면 한다. 바닷가 외로운 바위 위에 앉아 있는 인어공주 동상이 외로워 보이기만 한다. ✿

사막의 곡선과 신비

　지구 상에 존재하는 사막은 지구 크기의 10분 1에 해당하는 넓이라고 한다. 생각보다 큰 면적에 놀랍다. 오대양 육대주에 규모는 다르지만 모두 특유의 사막이 존재한다는 것이 신기하고 불모의 땅이 아깝다는 생각이 든다.

　사막에는 영구빙설 지역과 툰드라 지역을 한랭 사막이라 하고 열대 사막과 중위도 사막을 건조사막이라 칭한다.

　건조사막은 위도 15~30도 부근에 분포하고 중위도 사막은 위도 40도 부근에 분포하고 있는데 대부분의 사막은 암석사막이고 그중 모래 사막은 사막에 30%를 점유하고 있는 아라비아 사막과 그다음으로 사하라사막 11%, 북아메리카 사막 2%가 모래사막의 전부다.

　사막이란 곳은 모래평지와 구릉지의 사구만을 생각하기 쉽지만 광활한 사막에는 크고 작은 산도 있다. 다만 산이든 평지든 모래와 바위들 아니면 자갈로 뒤덮인 곳이라는 점이 특이한 점일 것이다.

수억 년 풍화작용에 의하여 바위와 돌들이 부서지고 갈려서 모래밭이 되기도 했고 자갈밭과 바위산이 생기기도 했을 것이다.

사하라 사막에는 3,000m에 이르는 티히트 산과 티베스트 산도 있다. 그래서 사막은 덥기만 한 곳이 아니라 저온도 있다. 중앙아시아의 고비사막은 티베트 고원과 화북평원으로 이어져 있는데 지금도 사막화가 진행되기도 하는 곳이다.

사막은 불가사의하고 신비로운 곳이다.

내가 사막에 대한 막연한 동경이 생긴 것은 중국 대하소설 속에 등장하는 장면 묘사에 나타난 장엄함과 처연함이 주는 강렬한 인상 때문이었다.

광풍의 모래바람과 그로 인해 생겨나는 파도 모양의 모래톱이 예쁜 무늬로 만들어지기도 하고 사구에 오묘한 곡선들이 생겼다가는 없어지고 다시 수없는 변화를 만들어내는 바람과 모래의 조화, 그 신비가 만든 곡선의 부드러움에 취했는지도 모른다.

여행자들이 찍은 사구의 예술적 곡선의 아름다움은 말로 형언키 어려운 감탄과 경이로움이다. 바람과 모래가 만들어낸 자연의 위대한 창작품인 모래 언덕의 곡선은 어느 예술가의 의도적 창안으로도 만들어내기 힘든 경지라고 해야 옳을 것 같다.

풍화작용에 의해서 바위들이 묘한 모양새로 조각작품처럼 서 있는 사막의 진풍경은 상상을 초월한다. 암석사막의 풍화에 의하여 만들어진 바위의 변형이 웅장하고 기기묘묘하다면 모래사막의 곡선이 지니고 있는 부드럽고 아름다움은 경이로움이다.

인위적이 아닌 자연현상에서 생겨난 곡선미는, 가식도 지나친 과장도 없는 순수한 아름다움이다. 뿐만 아니라 곡선과 고운 모래 언덕을 지나는 대상과 낙타들의 행렬이 이채롭고 불볕만이 넘실댈 것 같은 사구 골짜기에 힘겹게 생존하는 식물의 생육도 신기하다.

그리고 그것들은 한 폭의 완벽한 한 폭의 그림이다.

사구의 한 골짜기에 호수가 있고 야자나무와 주거지가 그림처럼 펼쳐진 오아시스는 낙원이다. 행상을 다녀오는 낙타가 짐을 풀고 한가롭게 되새김질을 하는 여유가 있어 소박한 휴식의 공간으로의 아름다움이 돋보인다.

불모의 모래톱에 생명수가 있고 오랜 기간 버텨 온 큰 나무들이 그늘을 제공하는 멋진 풍경은 신선한 오아시스의 기쁨이다. 주변의 고운 모래와 비탈진 경사지에는 아이들이 뛰놀 것 같은 환상이 떠오른다.

숨이 콱콱 막혀 올 것만 같은 열사의 뜨거운 태양열이 느껴지는 사막을 보고 있노라면 저런 곳에도 생명체들이 나름의 방식대로 생존을 영유해가는 적응력에 감탄이 절로 나온다.

기이한 풍경과 색다른 식물들, 천 년을 산다고 전해지는 나미비아 사막에서 생존한다는 웰위치아와 미국 유타 주 서부사막에서 자란다는 조수아트리는 봄이면 예쁜 하얀 꽃을 피우고 호주사막에는 유칼립투스라는 식물도 아름다운 꽃을 피운다.

강우량이 일 년 내 거의 없는 사막에서 동식물들은 그 나름의 생존전

략으로 무장하고 잘도 버텨낸다. 선인장은 넓은 잎을 가시로 대신하고 낙타는 지방을 분해해서 갈증을 해소하며 사막 도마뱀은 낮에는 땅속에서 잠자다 태양이 꺼진 저녁 시간에 활동을 하고 사막의 여우들은 넓고 큰 귀가 발달하여 열의 발산을 돕는다.

자갈 사막이나 모래사막 어디에서도 신비로운 풍광이 자연의 위대함을 보여준다. 사막이 생소한 사람들에겐 그곳의 지형지물 모두가 신기하고 새롭기만 해서인지 경외감까지 느끼게 한다.

모래산 너머로 태양이 걸리고 그 빛의 조화로 경관을 더욱 신비 속으로 빠지게 하는 사막의 존재, 인간들이 이용하는 땅으로는 부족하지만 그래도 그곳 나름대로 생존법칙을 강구하며 살아가는 동식물들의 극기는 관광 목적 만으로가 아니라 또 다른 생활의 의미도 있는 것이 아닐까 한다. ❀

신비한 바오밥나무

바오밥이란 나무는 이름만큼이나 생소하다. 우리나라에는 서식하는 곳이 없다. 이 나무의 서식지는 지구 상에도 몇 군데 되지 않는다.

생긴 모양도 보통 나무들과는 다르다. 지구 상에 존재하는 거대 목 중 하나이고 수명도 길다. 바오밥이 거대목으로 성장하는 것은 같으나 나무 종에 따라서는 생긴 모양이 각각 다르기도 해서 흥미롭다.

템플temple의 원통으로 된 대리석 기둥처럼 거대한 몸통이 하늘 높이 미끈하게 일자로 솟아 자라고 나뭇가지라는 것은 굵은 뿌리가 뽑혀서 거꾸로 세워진 나무를 연상케 하는 것도 있고 몸통이 크나큰 물병처럼 생겼거나 서양 영화 해적선에서 봄 직한 큰 나무술통처럼 익살스럽게 느껴지는 바오밥나무도 있다.

바오밥나무 중에는 우리나라 한적한 농촌 마을에 신성시하는 정자나무처럼 생긴 종도 있다. 그래서 보통 나무를 상상하면서 바오밥나무의 생김을 연상하기란 쉽지 않다.

아프리카 여행을 통하거나 책 속에 그림을 보고 바오밥나무를 알게 되는 것이 상식인데도 도심에 바오밥나무를 상호로 쓴 카페나 제과점을 보면 호기심도 생긴다.

내가 바오밥나무의 이름을 처음으로 알게 된 것도 생텍쥐페리의 동화 '어린 왕자'를 읽었을 때다. 어린 날 아무 생각 없이 읽으면서도 우주에서 온 어린 왕자가 소행성을 망가뜨리는 바오밥나무를 이야기할 때 그 것은 상상의 나무로 알고 읽었다.

그런데 바오밥나무는 상상이 아니라 실제로 존재하며 그 생김새가 특이해서 인상적이다.

실제로 바오밥나무의 키는 20m를 넘게 자란다. 나무 둘레 크기만도 10m나 되고 나무뿌리처럼 생긴 가지들이 10m에 이른다. 나무의 수명도 몇 천 년을 산다는 설이 있을 정도이니 이 나무가 주는 인상은 퍽이나 색다르고 신비롭게 느껴진다.

바오밥나무의 크기를 상상하기는 쉽지 않지만 4~50명이 손을 맞잡아야 둘레를 잴 수 있다는 사실을 생각하면 될 것이다. 앞에서도 전술한 바처럼 나무의 모양은 종에 따라서 다양하다. 큰 항아리나 독 같은 것도 있고 가을 무밭에 청무가 싱그럽게 치솟은 것 같은 것도 있다. 서식지의 환경에 따라서는 괴기스럽게 보이는 것도 있다.

어떤 것은 보통 나무처럼 생겼지만, 밑동은 여러 줄기가 한데 묶여서 자라는 것 같기도 하고 수명이 길고 나무가 대형이어서 그런지 나무속은 빈 공간이 생겨 동굴 같은 음산함까지 느끼게 한다.

원통의 표면은 울퉁불퉁 괴기스러운 모양을 하고 있고 나무속에 사람들이 생활하는 공간을 만들어 놓은 것도 있다.

바오밥나무는 열대 아프리카 지역과 서호주에 분포하며 특히 아프리카 동쪽의 섬나라 다마가스카르에 많이 서식한다. 세상에서 가장 큰 바오밥나무는 남아프리카공화국 폴로타네에 있다고 전한다.

바오밥나무의 서식지에 사는 사람들은 바오밥나무를 신성시해서 새로 길을 만들 때도 잘라버리지 않고 굽은 도로가 되더라도 바오밥나무를 보호한다고 한다.

미끈하게 자란 거대한 바오밥나무들이 초원에 귀공자처럼 높이 서 있는 모습은 장관이다. 저녁 하늘에 황혼이 깔리고 그 고운 빛깔과 거대목의 조화는 신비함 그대로다. 자연이 주는 귀한 선물임이 틀림없다.

볼거리로만이 아니라 생활에 이로움도 주는 바오밥나무의 성장은 자연이 주는 고마움이다. 껍질은 섬유질이 많아 옷감 짜는 재료가 되기도 하고 밧줄을 만드는 데도 유용하게 쓰인다. 잎과 가지는 사료로 사용하기도 하고 열매는 과즙이 많아 식용으로 사용하는 이로운 나무다.

열매가 익을 때는 원숭이들도 즐거운 만찬을 위해 바오밥나무를 찾는다. 그래서 다마가스카르 사람들은 원숭이빵나무라고도 부른다.

원주민들 사이에 전하는 재미있는 전설도 여러 가지가 있다. 지방에 따라서는 바오밥나무 빈 공간에 죽은 이를 매장하는 관습까지 있다고 하니 별난 나무임이 틀림없다.

바오밥나무가 우리나라 환경에서는 서식하지 못하지만, 용인에 있는 한택식물원에는 세 그루를 아프리카로부터 어렵게 수입해 키우고 있다. 아프리카까지 여행을 하지 않아도 그 바오밥나무를 볼 수 있도록 만들어 준 경기도 용인 한택식물원에 감사해야 할 일이다.

　세상에는 불가사의한 것들이 너무도 많다. 거대한 나무의 속성을 보면서 자연이 얼마나 위대하고 경이로운 곳인가도 다시 생각해 본다. ✿

만리장성

몇 년 전 북경에 갔다가 만리장성을 관광할 기회가 있었다. 일정에 없던 관광이라 사전 준비도, 어디를 어떻게 가는지도 모르고 안내자를 따라 갔기 때문에 도착한 곳의 지명도 모르고 가보니 바위산 높은 능선을 따라 만리장성의 모습이 눈에 들어왔다.

까맣게 올려다보이는 장성에 감탄에 앞서 저곳을 오르려면 꽤나 힘들겠다는 생각부터 났다. 실제로 장성의 계단을 밟는 순간 어떻게 저 높은 곳까지 올라가지 하는 걱정이 앞섰다.

안내하는 분의 성의를 보아서라도 가야하겠는데 자신이 생기지 않았다. 까마득하게 이어져가는 장성의 모습은 신기하기도 하고 멋스럽게 보이기는 했지만, 감동까지는 아니었다. 다만 축조물을 만들 당시 개인의 힘이 전부였을 터인데 어떻게 저토록 견고한 성을 쌓았을까 하는 의문이 앞섰다.

외형은 우리나라 산성과 별 차이가 없었고 다만 그 길이가 만 리까지 이어진다는 생각에 놀라움과 경탄이 생겼다.

달에서도 만리장성의 흔적이 보인다는 말을 들었는데 축조를 위해 동원된 인력은 얼마이며 축조기간은 얼마나 걸렸을까 하는 의문이 앞섰다. 그리고 공사기간에 인명피해는 얼마나 많았으며 인권은 얼마나 침해되었고 파괴되었을까 하는 것들이 꼬리를 물고 이어져 왔다.

만리장성은 평지가 아닌 험준한 산 능선과 협곡을 이어내며 세워졌으니 볼만한 것은 두말할 여지가 없다. 그러나 장성이 아무리 웅장하고 불가사의한 건축물이라 해도 감탄보다는 탄식이 절로 나왔다.

맨몸으로 계단 하나하나 오르기도 힘겨운데 물건을 옮겨가며 피땀 흘렸을 당시 인부들의 땀내가 느껴지는 듯했다.

흉노족의 침략을 막아내기 위해 진나라 시황제가 증축하여 쌓아 올린 산성이라고 하는데 그 무모한 계획과 실행의 독선이 눈에 보이는 듯했다.

물론 그 이전부터 축조된 산성들을 연결하기도 했고 개축과 신축을 했다지만 그 무모함에 소름이 돋는 느낌이었다. 인류 최대의 토목공사였던 장성의 모습은 장엄하다고는 할 수 있겠지만 적을 막기 위한 방어용 성벽치고는 치졸하다는 느낌을 지울 수가 없었다.

성벽이 아닌 방법으로 적을 막을 수는 없었을까 하는 의구심과 성벽이 아니더라도 적이 오르기엔 불가능해 보이는 바위 능선까지 성벽을 축조했다는 것은 권위의 만용이며 무모함의 극치로 보였다.

먼 옛날의 엄청난 권력자의 횡포로만 치부하기에는 가여운 평민들의 슬픔을 보는 듯해서 관광에 흥이 나지 않았다. 그런데도 관광객들은 만원이었다.

가파른 계단을 빽빽이 줄지어 오르는 사람들은 구슬땀을 흘리며 희희낙락이었다. 과거는 과거일 뿐 현재가 아니니까 위대한 인간의 능력만 인정받으면 되는 듯했다.

엄청난 장성이 이뤄졌다는 사실만은 인간의 위대함의 극치라 할만했다. 험준한 산과 위험한 협곡뿐만 아니라 사막으로까지 이어지는 만리장성의 6천Km의 길이는 인간 승리이기도 한 것 같았다.

첫 번째 능선 맨 상층부까지 땀 흘려 오른 후 되돌아서서 하산하고 한숨 쉬며 끝없이 뻗어 나간 구불구불 이어진 장성을 기억해보며 불가사의한 축조물에 경외감마저 느꼈다.

안내자를 따라서 북경으로 오는 길에 천여 명이 한꺼번에 식사할 수 있다는 대형 식당에 들러서 늦은 점심을 먹고 일과를 끝낼 수 있었다. ❁

바위들의 위용

　우리나라 3대 바위산 하면 속초의 설악산, 영암의 월출산, 그리고 청
송의 주왕산을 가리킨다. 설악산은 시원하면서도 웅장해 보이고 월출
산은 빼어난 수려함이 돋보인다. 이 두 암산에 비해 주왕산은 남성적인
위용이 돋보인다고 할 수 있는 명산이다.

　산행에 나서기 전 대전사 뜰에서 바라다본 주왕산은 어두운 흑갈색
의 암벽이 병풍처럼 둘러있어 굳건해 보이는 남성적 위용이 보였다.

　이 산을 옛날에는 석병산이라고도 했는데 태백산맥 남단에 위치한
거대한 암산이다. 대전사를 둘러보고 등산로를 따라 산행을 시작한다.

　계곡 물이 바위에 부딪히며 옥구슬처럼 부서져 소리를 낸다.

　예술적 감각이 넘치는 돌다리도 지나고 급경사에는 철판계단과 계곡
을 지나기 편하도록 등산로 곳곳에 다리도 마련되어 있다.

주변 환경에 흠집이 나지 않도록 배려한 시설물들이 있어서 등산객들의 피로를 덜어주기도 하고 주변의 빼어난 경관을 감상할 수 있는 기회와 시간을 마련해 준다.

물소리도 요란한 폭포를 보며 거대한 바위 사이를 이어 놓은 철로 된 다리가 요리조리 등산로를 만들어 주어 경관을 더욱 아름답게 장식해 주는 느낌도 만들어 준다.

저만큼 학소대와 병풍바위가 그림처럼 보인다.

먼 옛날 청학과 백학 한 쌍이 학소대에 둥지를 틀고 살았는데 포수에 의해 백학이 죽고 청학만 남아서 며칠을 슬피 울다 어디론가 날아갔다 해서 학소대라 했고, 그 옆 오른쪽 바위는 병풍을 둘러친 것 같다고 해서 병풍바위라는 이름이 생겼다고도 한다.

시루봉이라는 기괴한 돌출형 크나큰 바위가 섰는데 그것을 바위라 해야 할지 산이라 해야 할지 모를 정도였다.

앞으로 기울어지듯 서 있는 바위에 두레박으로 물을 길어 올렸다는 급수대, 중국 주나라 왕과 마장군이 격전을 벌였다는 기암과 주왕의 아들딸들이 달구경을 했다는 망월대가 보인다.

골짜기 양옆 산비탈에는 기괴한 바위뿐 아니라 다양한 수목들이 각양각색으로 바위틈에서 자라는 모습이 강인한 생명력과 신비로움을 안겨 준다.

까마득히 보이는 준봉에서 이어내려 오는 계곡에는 운무가 드리우고 오색 단풍이 기암들과 어울려 장관을 이룬다. 핏빛처럼 붉게 타는 단풍잎이 있는가 하면 노란색으로 치장한 나뭇잎이 있고 갈색과 청색이 어울려 동화 속에 나오는 꽃 대궐을 연상케 한다.

중간중간 폭포가 있어 맑은 물에 손을 담그고 싶은 충동도 일고 작은 소沼에서는 물고기도 보인다. 폭포수 밑 담潭에는 넉넉한 물로 탕湯을 이루어 목욕을 즐기고 싶은 충동도 생겨난다.

계곡 어디를 보아도 신비로운 풍경이 있어 감탄만 연발할 수밖에 없다. 계곡에 넉넉히 흐르는 맑은 물줄기엔 고운 단풍잎이 떠내려가는 모습도 예쁘고 주변에 야생화들이 꽃무리 지어 피어있는 모습은 물소리와 함께 많은 상상을 남긴다.

제3폭포는 이단으로 떨어져 내린다. 크진 않아도 폭포가 되어 떨어진 물이 다시 모여 떨어지는 멋스러움과 계곡을 울리는 물소리는 멀리까지 들려온다. 하산 길에서는 소나무 군락과 복장나무 망개나무 난티나무 등 희귀식물 군락도 볼 수 있다.

산곡이 웅장하고 거대한 바위들과 폭포가 있어서 자연경관이 아름다워 산행에 지루함은 없다. 보통 산의 등산로는 정상에 오르기 전까지는 볼거리가 없어서 힘드는 것이 보통인데 주왕산 등산은 처음부터 끝까지 볼거리가 많고 등산로도 가파르지 않아 수월하게 산행을 할 수 있어 좋았다.

마지막 코스인 산중 연못 주산지를 찾았다. 3백 년 가까운 세월을 이어 온 이 못은 그동안 한 번도 바닥을 드러낸 일이 없다는데 물 가운데에는 수백 년 묵음 직한 30여 그루의 왕버들 고목이 유유자적하는 모습이다.

주산지에 드리운 구름 송이 같은 오색 단풍이 물가 주변을 감싸고 있고 야트막한 산등성이로부터 이어지는 고산까지의 단풍들은 햇빛의 영향인지 노란색으로 뒤덮는다.

그림 같은 산 풍경이 물속에 투영되어 산과 못 모두가 단풍의 숲으로 변한다. 주변의 산이 낮아서인지 단풍진 나무들은 모두가 무성하고 싱그러워 보이는데 단풍 빛깔마저 나무마다 달라 환상적이다.

이곳의 경치는 새벽부터 해가 지는 저녁까지 다양하게 변한다고 한다. 아침 안갯속 그림부터 운무 드리우는 저녁, 그리고 태양의 각도에 따라 달리보이는 아름다운 풍치 탓으로 사진작가들은 새벽부터 해가 넘어가는 시간까지 카메라 받침대를 세워놓고 아름다운 사진 찍기에 심혈을 기울이는 곳이기도 하다.

김기덕 감독이 만든 영화 '봄, 여름, 가을, 겨울'의 배경 화면이 바로 이 주왕산 주산지임은 익히 알려진 일이다. 사진작가 지망생들의 실습 장소로도 불리는 이곳 주산지는 명승임이 틀림없다.

장엄한 바위들과 군데군데 오묘한 바위들이 버티고 서 있어 상상을 낳게 하고 산행의 힘겨움을 덜어주며 지루함 마저 떨쳐버리게 해서 좋다. 물소리도 시원하고 나뭇잎에 부딪치는 바람 소리에 이따금 들여오는 이름 모를 산새 소리도 반갑고 청솔모와 다람쥐도 사람을 경계하지 않아 편안한 산이어서 좋다. 🌸

신선이 놀다간 선유도

선유도는 두 번째 방문이다. 1992년 교직원 워크숍을 선유도에서 2박 3일간 했다. 군산에서 점심을 먹고 여객 터미널에서 선유도 가는 여객선에 올랐다. 지금은 1시간 30분이면 간다는데 20년 전에는 3시간 정도 걸린 듯하다.

옛날 여행했던 기억들을 되살리며 끝없이 펼쳐진 바다 위를 달리는 여객선의 물보라를 보며 추억에 잠긴다. 어제만 같은데 벌써 20년이 지났구나 하는 생각을 하니 감회가 새롭다.

80여 명의 직원들이 모두 즐거워하는 모습을 바라보면서 선유도를 목적지로 잡은 것은 잘된 일이라고 흐뭇했었다.

선상에서 멀어진 육지를 바라본다.

섬들이 가까워지면서 주변 경관과 유래들을 설명해 준다.

'저기가 독립문이라는 곳이고 앞에 보이는 것은 장자대교입니다.'

하얀 인어상도 보이고 멀리 선유대교도 보인다. 양식 어장들이 점점이 눈에 들어오고 부표도 이곳저곳 떠 있다. 이 섬은 고군산열도 중 대표적인 섬이다.

선착장에 내려서는 순간 옛일이 또 떠오른다. 한참 걸어서 숙소에 도착한 직원들은 손발을 씻고 세수하는 사람들도 있고 어떤 팀은 밖으로 나가 성급한 관광 길에 나서기도 했다. 또 다른 팀은 손발 씻는 것도 관광도 안중에 없고 정해 준 방에 들어앉자마자 여객선에서부터 시작한 고스톱과 포커를 다시 한다. 오래간만에 맛보는 해방감으로 모두들 들떠 있는 모습이었다. 지나간 그 젊은 날들이 눈앞에 선하다.

서쪽 하늘에 피어나는 낙조가 아름다웠던 것을 기억하고 명사십리 해수욕장 둑길을 따라 걷는다. 아직 해가 남아 있어서 하늘엔 구름들이 간간이 떠서 유유자적하는 모습이 한가롭기만 하다.

봄이면 이 명사십리 해변에 해당화가 만발한다고 한다. 그래서 최고의 여행지를 찾기 위해서는 한곳의 봄, 여름, 가을, 겨울, 사계를 두루 보아야 그곳의 참맛을 알 수 있다고 여행 전문가들은 말한다.

명사십리 해당화를 볼 수 없는 여름이라 아쉽기만 하다. 뉘엿뉘엿 해가 수평선 위에 머물고 바다와 하늘 그리고 띠구름이 붉게 물들기 시작한다. 해가 수평선 밑으로 반쯤 잠길 때 황홀한 빛으로 눈이 부시다. 전에 왔을 때도 보았던 풍경이지만 지금은 또 다른 감동이다.

내가 좋아하는 채운은 어딜 가나 서쪽 하늘에 늘 떠 있다. 낙조의 아름다움은 말로 표현하기가 어렵다. 자연의 신비가 황홀할 뿐이다. 저녁

먹을 시간도 잊고 모래톱에 앉아 하늘의 장관을 넋 나간 듯 보고만 있었다. 곱고 아름다운 채운을 멍하니 바라만 본다.

20년 전에 보았던 낙조도 아름다웠었다. 그래서 우리 직원들에게 낙조는 꼭 보고 가라고 권했던 기억도 새롭다. 그런데 2박 3일의 워크숍에서 포커게임을 열심히 하던 두 팀은 숙소에서 한 발짝도 나가지 않고 그 일에만 종사하다 돌아오는 배에 오른 모습이 선하게 떠오르며 웃음이 절로 난다.

추억은 모두 아름답기만 하다.

잠 안 오는 밤을 억지로 보내고 일찍부터 자전거로 선유도 일주에 나섰다. 장자도 코스를 가기로 하고 출발을 했다. 선유도 북쪽 남악리 일대를 보기 위해 장자도 대교에 오른다. 망주봉과 명사십리 해수욕장이 새 아침 선잠을 깬 듯 엷은 운무에 가리어 수줍어하는 듯하고 푸른 바다와 점점이 떠 있는 작은 섬들이 아름다움을 뽐내며 유혹하듯 정겹다.

장자도로 가는 길옆으로는 멋스러운 소나무 들이 자라고 포구와 선유도를 감싸 안은 청정의 바다 빛이 아름답기만 하다. 멀리로는 무산십이봉이 전설의 유래처럼 12개의 섬 산봉우리가 투구를 쓴 병사들 모양 도열하여 서 있는 듯하다.

자전거 페달을 밟으며 바닷바람을 맞는다. 가는 곳마다 예쁜 그림 같은 풍경들이다. 돛단배 3척이 만선의 깃발을 휘날리며 돌아오는 모습을 닮았다는 삼도귀범의 무인도가 보인다. 이 섬은 갈매기와 물오리 바닷새들의 천국이란다. 신선이 놀다 갔다고 해서 선유도라고 한다는데 정말 그런 것 같다는 생각이 들 정도로 아름답기 그지없는 섬이다.

나는 언제나 혼자 자연풍광을 감상하며 많은 사념에 빠지기를 즐긴다. 별난 취미라고 말들 하지만 혼자 있어야 제대로 된 관광을 할 수 있기 때문이다. 자전거 길을 달리며 자연의 신비로움을 마음껏 느끼고 생각하고 관조하는 기쁨이 크기 때문이다. 누구의 방해도 받지 않고 혼자 깊은 생각에 잠겨 본다는 것은 경험하지 못한 사람들에겐 낯설겠지만 더 없는 자기만의 기회요 사색의 기쁨을 만끽할 수 있어서 좋은 일이다.

이 아름다운 선유도의 유람도 혼자서 얻은 장관을 머릿속에 간직하며 떠나고 싶다. 선유도 팔경은 높은 전망대에서 한눈에 볼 수 있어서 좋았다.

2012년이면 선유도와 장자도, 무녀도 등이 모두 육지가 된단다. 새만금 간척사업으로 비응도, 고군산군도, 변산반도 사이 33Km 직선 방조제가 설치되면 무녀도 앞에 있는 신시도까지 육지가 되고 신시도와 무녀도는 다리로 연결된다고 한다. 그러면 선유도 주변의 섬들이 육로로 연결되어 육지가 되는 셈이다.

언젠가 다시 와서 이 아름다운 선유도를 볼 수 있을지 모르지만 다리로 육지와 연결된 후에 내 차로 다시 와보련다. ✿

고찰 통도사

통도사는 경남 양산시 하북면 지산리 영축산에 세워진 삼보사찰 중의 하나다. 삼보三寶사찰이란 불보사찰, 법보사찰, 승보사찰을 두고 하는 말인데 불가에서 말하는 보물을 소장하고 있는 세 사찰을 이르는 말이라고 한다.

불보사찰佛寶寺刹은 부처님의 진신사리와 금란가사를 소장하고 있는 통도사가 그중 하나이며 법보사찰法寶寺刹은 팔만대장경을 간직하고 있는 해인사를 지칭한다. 승보사찰僧寶寺刹은 보국국사 이래 열여섯 명의 국사를 배출한 송광사를 이르는 말이며 이 세 사찰을 우리나라에서는 삼보사찰이라 칭하는 것이다.

모처럼 여행을 떠나면서 우리나라 사찰 중 최고의 불교 보물을 간직하고 있는 통도사부터 둘러보고 다른 사찰들도 보아야겠다는 생각으로 양산에 있는 영축산을 택하게 되었다.

차에서 내려 물소리도 시원한 계곡을 따라 숲 속 길을 걸어서 간다. 주변 산자락에 굵은 노송과 이름 모를 나무들이 뒤엉키어 조화를 이룬다.

산사에 오르는 고즈넉한 길이 주변의 조화로 더욱 한적한 모습이 되고 돌 틈을 휘저어 흐르는 물소리가 청아하게 들려온다.

영축산 통도사라는 현판이 걸려 있는 산사의 문은 멋진 글씨와 함께 빼어난 웅자를 보이며 손님을 맞는다.

이 통도사의 창건은 신라 제27대 선덕여왕 15년, 서기로 646년에 건립되었다고 한다. 가람의 배치가 정연하고 건축물의 예술적 자태가 돋보인다. 고색창연한 가람의 건축물의 신비함에 눈길을 뗄 수가 없고 그윽한 향불 타는 냄새가 경건함을 더한다.

대웅전에는 불상이 없다. 석가모니 진신사리와 금란가사를 모시고 있는 사찰이라 대웅전은 석가모니의 승방으로 쓰임을 알게 한다.

영축산 중턱에 자리한 통도사는
자장율사 스님이 지은 사찰로
당나라에서 귀국할 때
진신사리와 금란가사를 모셔와
이곳에 통도사를 지었다.

사리를 모신 곳을
금강계단이라 하는데

현재까지
여러 번 수리를 하였으나
모양은 변하지 않고
옛 모습 그대로다.

진골 무림의 아들로
최고의 관직을 가지고
승려 생활과 불교사상을
일반 국민 속에 전파하고
도덕 높이기를 앙양하였던
고승이셨다.

청량산 문수대 앞에
7일 기도 올리고
율 행을 배워 유사가 되었고
오리가 물어다 준
보랏빛 칡꽃을 찾아서
영축산에 통도사를 지었다네.

나는 이렇게 통도사를 읊어 보았다.

자장율사께서 통도사를 건축할 때 마땅한 절터를 찾지 못해 애를 먹다가 나무로 오리를 만들어 동쪽으로 날렸는데 얼마 후 오리는 칡꽃을 물고 돌아왔다고 한다.

　자장율사께서는 칡꽃이 피어 있는 곳이 절터라 믿고 눈 쌓인 한겨울 칡꽃을 찾아 영축산 큰 연못가까지 오게 되었다. 그런데 놀랍고도 신기하게 두 송이 칡꽃이 피어 있어 주변을 살펴보니 울창한 송림이 빼곡하고 산봉우리들이 열지여 병풍처럼 둘러서 있고 검푸른 연못은 고요히 잠든 듯했다고 한다.

　이곳이 훌륭한 절터임을 알고 통도사를 짓게 되었다는 전설이다. 우리나라 최고의 사찰답게 건축물의 웅장함과 가람의 배열이 한 마을을 이루고 있는 듯했다. 통도사 경내를 돌아보는 것도 좋았고 주차장으로부터 통도사에 이르는 길을 걷는 것도 흥겨웠다.

　통도사 뒤쪽 봉우리에 오르면 갈대꽃이 한참이라는데 시간이 없어 가보지 못하는 것이 못내 아쉬웠다. ❀

울릉도 도동항

울산에서 배를 탔다. 두 시간 반 정도 지났을 때 도동항에 내렸다.

30년 전 직원 연수 명목으로 울릉도에 처음 찾아왔었다. 그 당시 울산에서 도동항까지 오는 데 네 시간 이상 걸렸던 것으로 기억된다. 교통수단의 발달이 눈부시다는 생각을 하며 부두에 내렸다.

작은 터미널에서 올려다 보이는 도동마을의 모습은 별로 달라진 것이 없다. 양 옆 바위산 좁은 계곡을 따라 마을이 보인다.

산모퉁이를 돌아오는 기차 꼬리처럼 보이는 마을이라고 생각했던 그때와 똑같은 느낌이 든다. 새로 생긴 큰 건물들이 몇 군데 보이기는 해도 민가의 지붕 색깔들이 투박해 보이고 협소한 계곡에 촘촘히 들어선 집들이 여유 없어 보여 안타깝다.

정해진 숙소를 찾아 쉬다가 옛날 생각을 하고 산책로를 찾아 나섰다.

바닷가에 겨우 사람들이 통행할 수 있었던 옛길은 없어지고 차들이 다닐 수 있는 길로 포장되어 있어 그동안 많은 시간이 흘렀음 실감하고 웃고 말았다.

30년 전 이곳을 찾았을 때는 울릉도에는 자동차가 한 대도 없었다. 그런데 지금은 버스도 있고 택시까지 운행되는 것을 보고 만시지탄을 금할 길이 없다.

옛 생각을 떠올리며 바닷길을 천천히 걸었다. 그러나 그때의 순박하고 순수해 보이던 섬과 모든 것들이 살아진 것 같은 허전함이 밀려오는 것은 무엇 때문인지 알 수가 없다.

한 사람이 겨우 지날 수 있었던 바닷가 오솔길이 차도로 바뀌어 편리해졌다는 점에서는 환영할만한 일이지만 지난날 아기자기했던 정겨운 길의 낭만은 송두리째 없어져 허전함도 있었다.

파도가 바위에 부딪쳐 오솔길까지 물방울이 튀어 오르던 그 정겹던 모습은 간 곳 없고 넓어진 아스팔트길이 낯설기만 하다. 고기잡이 어선이 바다 너울에 춤추는 모습을 그 좁은 길에서 걱정스럽게 바라다보던 정감도 넓어진 길과 함께 사라졌다.

옛날 산책길을 떠올리며 걷는다. 망향봉, 가두봉 등대, 통구미 몽골해변, 만물상까지 어느새 오고 말았다. 먼 길을 아무 생각 없이 자연 따라 길 따라 마냥 걸었다.

산모롱이를 돌아서니 서쪽 하늘에 뭉게구름이 목화송이처럼 예쁘게 피어오르고 있다. 저기에 채운마저 있다면 황홀경이었으리라. 채운을 빗겨 안고 꿈꾸며 살아왔던 그 날들이 너무너무 그립다.

백발이 머리를 뒤덮어도 마음마저 백발은 아닌가 보다. 수평선 위에 작게 보이는 배가 어디론가 떠가는 모습을 보며 옛 추억들이 되살아나고 젊었던 날들이 한없이 그리워짐은 철없는 짓임이 틀림없지만 몸이 늙었다고 마음마저 늙어야 하나 하고 서글퍼지기도 했다.

저 멀리 밀려오는 파도 소리와 외로운 산책길이 시상을 만들어 온다. 젊었던 날이 그리워 눈시울이 뜨거워 오고 파도 소리를 들으며 잠 안 오는 밤을 뒤척인다.

내일은 어디를 구경해야 할까. 유람선 타고 울릉도를 돌아보는 코스는 가지 않으련다. 달라진 것이 별로 없는 바닷길을 따라서 관광하기보다는 산행하는 것이 나으리라는 생각이다.

아침밥을 먹고 팔각정과 바람등대를 지나 선인봉에 오르는 산행코스를 잡았다. 도동마을을 지나는 도로를 따라 서북쪽으로 오르다 보면 미앤더링meandering형 고가도로가 멀리 보이고 대원사 가는 길로 접어들면 포장도로가 끝나고 선인봉 등산로가 나온다.

동백나무와 소나무가 어울려 있는 산비탈길을 오르면 휴식처가 나온다.

팔각정에서 바람등대까지는 가파른 언덕길이지만 오리나무 고로쇠나무 등 잘 자란 수목들을 보며 오르는 길은 힘들지만 기분은 좋았다.

바람 전망대까지 오르면 시원한 바람이 기분을 상쾌하게 만들어준다. 이곳에서 10여 분 더 올라가면 성인봉 정상에 다다른다. 성인봉 전망대에서 바라다보는 울릉도의 멋스러움은 장관이다.

형제봉과 송곳봉 능선이 드넓은 바다와 어울린 풍치는 아름답기 그지없고 원시적 숲도 성인봉을 위엄 있게 만든다. 바닷길 달리고 달려

찾은 아름다운 울릉도다. 바닷길이 아닌 산길을 택해서 오른 성인봉은 장엄했고 조망이 탁 트여 마음속까지 시원하다.

먼 바다에는 큰 배가 지나가고 섬 주변에는 작은 관광선과 고기 배들이 정겹게 오가는 모습이 아름답다. 옛날 젊을 때의 여행과 지금의 여행에서 느낌이 다른 것은 무엇일까.

정상에 앉아 땀을 식히며 먼 바다만을 응시한다. 짙푸르고 출렁이는 바다 먼 곳은 하늘과 닿은 듯하고 붉은 태양빛 닮아 붉은데 두둥실 뭉게구름만 유유히 떠돈다.

역시 노년은 외롭다. 아마도 옛날과 같은 꿈과 열정이 없는 탓인가 보다. 웬만한 것에는 감동이 오질 않고 평범해 보이고 지루함만이 곧바로 밀려오니 그만큼 생의 의미가 퇴색한 탓인가 보다.

오늘 산행도 쾌감보다는 무엇인가 모를 허전함이 큰 산행이었다. 이제 또 하산 길을 준비해야 한다. 인생살이와 똑 같이 비탈길을 내려가야 한다.

마지막까지 건강하게 갔으면 한다. ✿

5 사랑과 인간관계

감동인가 외로움인가 알 수 없는 그의
표정은 인형처럼 조용하다. 선율과 자아
가 하나 되도록 하는 바이올린 음색에
취했는가 보다.

바이올린 협주곡 5번 A장조 1악장은 알
레그로 아페리토 2악장은 알레그로 3악
장은 론도 형으로 작곡된 감미로운 연주
다.

1악장에서 주제부는 오케스트라의 연주
로 시작되고 길지는 않지만, 바이올린
솔로가 아다지오 악절을 감미롭게 연주
하다가 오케스트라의 연주로 마감하고 2
악장은 느리게 이어지는 서정적 아름다
운 악장이다.

— 「한복 입은 여인」 중에서

손자의 재롱

자식 낳아서 기를 때 미처 느끼지 못했던 알뜰한 사랑을 손자 손녀에게서 느끼는 경우가 많다. 노인들이 모인 자리에서 손자 손녀에 대한 이야기는 자연스럽다.

과묵하던 노인도 누군가가 손자 손녀의 이야기를 하면 기다렸다는 듯 귀여운 아이들의 재롱을 입에 올린다.

응얼응얼 옹알이하는 것부터 말을 배울 때 툭툭 튀어나오는 기발한 이야기까지 끝이 없다. 전자기기를 자기보다도 잘 다룬다는 자랑, 영어도 할 줄 알고 다섯 살인데 동화책을 줄줄이 읽으며 소감까지 말하는 기특함에 놀람과 자랑스러움을 끝없이 늘어놓는다.

자식 키울 때는 생활 전선에서 힘겹게 생활하느라 이것저것 보살필 겨를도 없었고 오늘날처럼 경제적으로나 생활이 편리하지도 못했다.

아이들 키우는 일은 모두 아내의 몫인 것처럼 인식되었기 때문에 자식 사랑이 손자 손녀에게 가는 사랑만큼 크지 못했는지도 모른다.

내게도 일곱 살짜리 송지율이라는 외손자가 하나 있다. 세 살 때부터 나를 제가 데리고 논다는 생각을 하는 아이였다. 정말 귀엽다. 만나면 아이에게서 눈을 돌릴 수가 없을 정도다. 처음에는 할아버지라는 말이 어색하게 들릴 때도 있었지만 지금은 너무 정겹다.

나를 이리저리 끌고 다니며 놀이에 열중하는 모습이 보기 좋다. 맞벌이하는 딸이 일주일에 한 번은 오후 시간대에 손자를 우리에게 맡겨서 봐주기로 했는데 우리 내외가 가면 손자는 자기가 나를 위해 놀아주는 것으로 안다.

어느 때 손자를 봐 주기 위해 가면 내가 지금 아파서 놀아 주지 못해서 미안하다고 한다. 할아버지인 내가 손자를 위해서 놀아 주는 것이 아니라 손자가 할아버지를 위해서 놀아 준다고 그 조그만 녀석이 생각하는 것을 보고 어이없기도 하고 그 발상이 기발하다는 생각도 들었다.

며칠 전에는 손자를 봐 주기 위해 딸네 집을 갔는데 벽에 그림 넉 장이 붙어 있었다. 로봇 그림 표본에 채색하는 그림 연습지인 것 같았다. 색칠을 제법 멋지게 해 놓은 것들이다.

"할아버지! 이 그림들 중에서 어떤 것이 좋은지 두 개만 말해보세요."

색칠을 잘했다고 칭찬을 해 준 뒤에 그림 둘을 선택해서 "이것이 제일 좋은데" 했다.

그랬더니 손자 녀석 하는 말이 "아아 우리 엄마가 할아버지 딸이니까 똑같군요. 엄마도 할아버지가 고른 그림이 제일 좋다고 했어요." 한다.

요즈음 자라는 아이들은 이것저것 많은 체험학습을 시켜서 그런지 놀랄만한 언어능력과 상상력을 갖고 있어 놀랍다.

한번은 "나도 할아버지처럼 책을 만들어야지" 하며 A4 용지 몇 장을 묶어서 그림과 글씨를 써놓아 놀란 일이 있다.

세목 – 심청전, 내용 – 슬프다. 그리고 그림들을 그려놓고 이런저런 낱말들을 써놓아 나를 놀라게도 했고, 기쁘게도 했다.

그런데 안쓰러운 것은 맞벌이하는 딸 내외라 손자 세 살부터 어린이 방에 보냈다가 다섯 살부터는 유치원으로, 태권도 도장으로 보내고 퇴근 후에 데려오는 생활의 연속이었다.

그리고 토요일과 일요일에는 거의 매번 어린이 체험장과 놀이 시설 등으로 데리고 다니며 아이에게 그동안 정성을 쏟아 붓지 못한 아쉬움을 달래려는 듯 견학을 시키고 놀아 주는 것을 생활화하고 있다.

손자도 어려서부터 그런 생활의 연속이라 당연히 그렇게 하는 것이 생활인양 즐겁고 행복해하는 것 같아 다행이지만 마음은 늘 안타깝고 가여운 생각이 든다.

우리가 아이를 전담하여 키워 줄 만한 건강도 못되고 그렇게 하기엔 시간적 부담도 되어 딸 내외가 하는 대로 보고 있을 수밖에 없는 것이 늘 미안하고 안타까울 뿐이다.

그런데 요즈음은 맞벌이하는 가정이 아니라도 아동시설을 이용하여 아이들을 맡기고 그곳에서 또래 아이들과 노는 법도 배우고 함께 커 가도록 하는 것이 아이들에게 좋다는 것이 상식이니 무어라 할 수도 없다.

각종 어린이 보호시설에 보내지 않으면 또래 아이들과의 교류가 불가능한 것이 도시 환경이기도 해서 어쩔 수가 없기도 하다.

예쁘고 귀여운 손자의 재롱에 흐뭇하면서도 우리의 어린 날을 생각하면 요즈음 아이들이 고된 삶을 사는 것이 아닌가 해서 안쓰럽고 가여운 생각이 든다. ✿

졸부와 기부천사

졸부猝富란 벼락부자란 뜻이다.

짧은 시간에 큰 부자가 되었다는 말이다. 우리 주변에는 졸부가 된 사람들이 많다. 대도시 주변에 농사를 짓고 살다가 땅값이 천정부지로 뛰어올라 부자가 되었거나 지역 개발 덕으로 토지보상을 넉넉하게 받게 되어 졸부가 된 경우가 많다.

또 다른 경우는 짧은 동안에 사업이 놀랍게 성장하여 졸부가 된 경우도 있다. 이 모든 사안은 부당하거나 비양심적인 상황에 의거하여 부를 축적하게 된 것이 아니라 우연한 기회에 된 것이기에 양심상 어떤 부끄러움도 없는 당당한 것이다.

다만 약삭 빠른 사람들이 비양심적이거나 부당한 방법으로 부자가 된 경우와 개발 기미를 알고 땅 투기를 해서 불로소득처럼 얻은 부를 비웃듯 졸부라는 말을 쓰는 경우가 있는데 이것이 만연되어 정당한 소득으로 얻은 부까지를 졸부라고 칭하게 되어 억울한 선의의 피해자도 많다.

안 좋은 말로 쓰이는 졸부는 부당한 방법이나 부당한 투기에 의해 얻은 벼락부자들을 일컫는 말일 뿐이다. 졸부라는 말이 안 좋게 쓰이고 있느니만큼 구분하여 쓰이는 것도 고려되어야 할 일이다. 양심상 아무런 하자도 없는 사람들이 벼락부자 졸부라는 명예롭지 못한 말을 듣게 된 것이 안타까울 수도 있다.

조상 대대로 이어 농사짓느라 한평생 허리 한번 마음 편히 펴고 살지 못하다가 땅값이 오르고 개발로 인해서 보상을 받았을 뿐 비양심적인 일이라고는 한 번도 해 보지 못했던 사람들을 나쁜 의미의 졸부 누명을 씌우는 것은 가당치 않은 일이다.

조상을 모시고 고향을 지켜오다가 개발에 밀려 고향을 잃고 타곳으로 이주해야 하거나 자리를 옮겨 앉아 살아야 하는 사람들은 졸부라는 비아양의 말로 대해서는 안 될 줄로 안다.

졸부라는 말의 사용은 엄격하게 구분되어 사용해야 마땅하다. 그러나 안타까운 것은 가족 간의 재산 문제로 법정 다툼이나 이웃의 눈살을 찌푸리게 하는 것은 좀 문제가 아닐 수 없다.

우스갯소리로 "가진 것이라고는 돈밖에 없다"느니 점심은 어느 레스토랑에서 먹었으며 골프를 어디 가서 쳤느니 하며 자랑삼아 떠드는 속빈 사람들의 허풍이 아니꼬운 것도 사실인데 형제자매간에 재산 싸움으로 법정 투쟁을 하는가 하면 싸움으로 동네가 떠들썩한 것은 체면이나 예모禮貌를 차리지 않는 볼썽사나운 일임이 틀림없다.

부모가 남겨준 재산이라면 법적 테두리 안에서 나누면 될 것을 지나친 자기만의 욕심으로 싸우는 것은 졸부의 나쁜 근성으로 치부될 수밖에 없다고 보인다.

생각지도 못했던 큰 목돈이 생기다 보니 깊었던 우애도 한순긴 무너지고 원수 같은 처지로 변신하는 것은 딱한 일이다.

돈의 문제는 부모자식간이나 형제자매간에도 양보가 없다는 말이 실감 나는 일임에 틀림이 없는 듯하다.

그런데 사회 항간에는 기탄없는 기부를 행하여 감동을 주는 일이 세간을 놀라게 하는 일들도 있어 흐뭇한 인간사를 보여 주는 따뜻한 일들도 많이 있다.

사회 저명인사들로부터 자기 생활도 어려운 사람들까지 남을 돕는 일에 열성인 것을 보면 우리 사회가 따뜻함을 느끼게 해서 행복해진다.

여유를 가진 분들이 남을 돕는 것도 쉬운 일이 아닌데 자기 생활도 어려우면서도 남을 돕는 일에 온 정성을 바치는 분들을 보면 존경스럽다 못해 눈물이 날 정도다.

종이 박스를 모아 리어카에 싣고 폐품 수집상에 팔아 모은 돈을 주기적으로 기부하는 어느 할머니의 일이며, 평생을 모은 수십억을 대학에 기탄없이 기증하는 분, 홀로 농촌에 살면서 모아온 돈을 모두 장학금으로 기부하신 분 등등 모두 기부천사임이 틀림없다.

2011년인가에는 철가방 김우수 씨의 뉴스가 눈물을 흘리게 했던 일도 있다. 고아로 보육원에서 12세까지 자랐고 가출 후 철없던 어린 날

죄를 짓고 교도소에서 생활도 했다.

그러다 그곳에서 우연히 소년 소녀 가장들의 글을 읽고 자기보다도 못한 고아들을 알게 되었고 교도소에서 출소한 후 그들을 돕기 위한 일에 헌신해 왔던 김우수 씨가 있다.

철가방 음식 배달원으로 받은 월 70만 원 중 25만 원을 방 월세로 내고 10만 원씩 매달 어린이재단에 기부해 온 사람이다.

그는 음식 배달 중 54세의 나이로 자동차와 충돌 사망한 가여운 사람이다. 가족도 친척도 없는 그의 죽음을 어린이 재단에서 알고 장례를 치렀는데 각계각층의 많은 사람이 문상을 했다는 뉴스가 있었다.

54세가 되도록 어린이재단에 기부해온 그의 따뜻한 온정이 아쉽고 안타까워 소식을 접한 사람들은 모두 눈물을 머금었다. 김우수 씨의 아름답고 고운 마음씨만큼 큰 사랑을 갖고 사는 사람들이 많았으면 좋겠다.

어려운 사람을 돕는 일은 돈 많은 사람과 돈 없는 사람의 차이가 아니라 얼마나 따뜻하고 사랑을 갖고 사느냐에 달려있는 것 같다. ✿

어머님의 교훈

나에게 무엇보다도 소중했던 어머님은 평생을 시골에서 살다가 돌아가셨다. 6·25 때 행방을 알 수 없게 된 아버지를 대신해서 젊은 나이에 가사를 도맡아 힘들고 외로운 생활을 이겨 내며 자식들을 키워 오신 분이다.

보통학교에서 배운 한글로 이야기책을 즐겨 읽기도 했고 흰 천에 함박꽃 그림의 본을 떠서 자수를 하거나 바느질하기를 즐겼으며 효부로 칭송을 들으며 한평생을 보내셨다.

우리 형제들을 "애비 없는 자식"이라는 소리를 듣지 않게 하기 위해 노심초사하며 살았던 분이시다. 그래서인지 우리 형제들은 어머님 그늘에서 걱정 없이 슬픔을 모르고 자랐다. 중농의 집안이라 풍요롭다고는 할 수 없어도 생활에 큰 어려움은 별로 느끼지 못하고 살았다.

그 당시 시골 생활은 농번기만 지나면 할 일이 별로 없어 시간 여유가 많은 때였다. 지금 농촌 생활과는 많이 달랐다. 긴 밤이나 겨울에는 가족들이 등잔불이나 화롯가에 오순도순 모여 이야기꽃을 피우곤 했다. 이렇게 한가한 때면 나는 언제나 어머님 곁에 앉아서 옛날이야기를 해 달라고 조르곤 했다.

어머님은 이야기책을 많이 읽어서 이야기가 무궁무진했다. 전쟁터에서 혁혁한 공을 세운 모험담이나 탐관오리들의 횡포로 억울하게 당하는 평민들의 아픔 등 권선징악에 대한 이야기를 들려주기도 했다. 아니면 의리로 친구와의 우정을 쌓은 이야기, 부모님께 효도하고 형제간의 우애를 담은 이야기도 있었고, 은혜에 결초보은했다는 이야기도 있었다.

어려운 집안을 자수성가하여 부를 얻고 귀하게 되었다는 이야기, 곤경에 빠진 사람을 도와준 미담 등등 사람의 도리를 일깨워주는 교훈이 담긴 이야기들이었다. 그래서인지 그 속에 담긴 주제에 따라 막연하지만 사람의 도리에 대한 신념들이 내 가슴 속에 자리 잡아갔던 것 같다.

세 살 버릇이 여든 간다고 했든가. 한 사람의 인격은 사회적 관습이나 문화 속에서 여러 형태의 교육을 통하여 만들어진다.

어머님들의 언행 속에 담긴 그분의 도덕적 행위로 인품이 만들어진다는 것은 당연하다.

세상에 태어나 처음으로 접하는 인간관계가 가족으로부터 시작된다는 것으로 미뤄 볼 때 가풍이나 그 구성원의 인격은 보이지 않는 속에 자식들에게 의식적이든 무의식적이든 직간접으로 영향을 크게 미친다는 것은 부인할 수 없는 일이다.

어머님이 내게 들려준 이야기들이 교육을 전제로 한 의도적인 행위는 아니었겠지만, 그것들은 분명 내게 많은 영향을 주었다. 세상을 살아가면서 그 주제들이 도덕적 기준처럼 무의식 속에서 발동하여 보이지 않는 힘의 원천이 된 것이 사실이다.

어머님의 한없는 사랑과 돌보심으로 지금까지 잘 살아왔다는 것을 새삼 인식하며 어머님의 고마운 희생에 고개가 깊이 숙여진다. 아쉽고 안타까운 것은 어머님의 따뜻한 정성에 한 번도 제대로 보답 드리지 못했던 불효의 반성이 너무 늦었다는 것이다.

부모님 돌아가신 후 후회하지 말고 살아계실 때 효도하라는 말들을 귓가로 흘려들었던 오만과 오판에 대하여 수없는 자괴지심自愧之心에 빠져 본들 모두가 헛것이라는 고통과 아픔을 느낀다.

내일은 어머님 산소에 가서 엎드려 큰절을 올려야겠다. 제대로 하지 못했던 불효에 대한 사죄도 드리고 옛날이야기라도 다시 들려 달라고 떼를 써 볼 수 있다면 좋겠다.

어머님! 그리운 어머님!

누구의 어머니이든 어머니는 위대하다. 생존에 효도해야 후회가 없다는 윗분들의 말을 나도 다시 되풀이하며 후진들에게 깨달음을 주고 싶다. 🌸

안개비와 인연

　고등학교 1학년 때 동대문에서 전차를 타고 학교를 다니던 때였다. 학교 가는 방향이 같아서 아침마다 고정적으로 만나게 되는 학생들이 많았다. 그런데 어느 봄날 집에서 떠날 때는 안개비처럼 오던 비가 점점 거세져서 교복을 적실 정도의 굵은 비가 되었다. 우산 없이 나선 나는 비를 맞으며 정류장을 향해서 걸을 수밖에 없었다.

　그때 우연히 아침마다 만나던 여학생이 우산을 쓰고 가다가 안쓰러워 보였는지 나를 자기 우산 밑으로 오란다. 얼결에 그 여학생 우산 밑으로 가서 함께 걷게 되었는데 키가 나보다 컸다. 다행히 그 여학생의 배려로 비를 피하고 전차를 탈 수 있었다. 그 여학생은 나보다 2년이나 위인 3학년 선배였다. 그런 일이 있었던 후 등굣길에 만나면 목례로 인사를 나누기는 했어도 별로 대화를 나누는 일 없이 1년을 보냈다.

그해 겨울 방학 이후에는 그 여학생을 볼 수가 없었다.

그러던 어느 날 2학년 초였다. 선생님 심부름으로 갈월동에 갔다가 동대문으로 가려고 전차 정류장에서 서성이고 있었다. 그런데 우연히 등굣길에 매일 만나던 그 여학생이 숙명여대 빼지를 달고 나를 보고 반가워한다.

하트 모양의 벨트를 허리에 맨 교복이 잘 어울렸던 선배 학생이었다. 여대생이 된 그는 책과 가방을 따로 들고 친구들과 함께였는데 회수권 한 장을 주며 거침없이 전차를 타라고 끌다시피 한다. 아는 여학생이기는 해도 제대로 대화를 나누어 본 일이 없었는데 갑자기 친절하게 나오니까 당황스럽기도 하고 부끄럽기도 했다.

어쩔 수 없이 전차에 탔는데 그 여대생은 자기 옆 친구에게 "동생이야!" 한다. 나는 어안이 벙벙했다. 느닷없는 말에 당황스럽기도 하고 묘한 감정에 빠졌다. 나는 아무 소리 못 하고 창밖만 내다보고 있었다.

종로 3가에서 내리던 한 여대생은 나에게도 잘 가라고 인사까지 한다. 아닌 밤중에 홍두깨라 하더니 정말 그 꼴이었다. 아무 소리도 못 하고 동대문 정류장에 내렸다. "무얼 그렇게 긴장해. 우리 저기 빵집에 가서 얘기하다 가자!" 동생 취급을 하며 일방적으로 나를 끌고 간다. 고등학교 교복을 입고 있었을 때의 단정해 보이기만 했던 여학생이 대학생이 되어서인지 정말 거침없는 행동이었다. 완전 동생 취급이었다.

나도 늘 누나가 있는 친구들이 부러웠던 때이고 그 당시 청소년들에게 S동생 S누나 맺는 것이 유행처럼 번지고 있는 때였다.

S란 영어 Step sister, Step brother에서 온 말로 안다. S동생 S누

나를 맺는 것은 조언자나 지도자의 역을 맡는 멘토Mentor나 도움받는 멘티Mentee 관계를 의미한다고 보아야 할 것이다.

아침마다 봐 왔는데 늘 혼자이고 우수 어린 듯 아니면 무엇인가를 골똘히 생각하는 눈빛 같아서 이야기하고 싶었는데 오늘 우연히 만나게 되어 내가 용기를 내서 말을 걸게 되었다고 한다.

그러면서 고등학교 때는 말을 걸고 싶어도 필요 이상의 오해가 생길까 조심스러워 말을 못했었는데 이제는 고등학생과 대학생이니까 인사말이라도 하며 지내는 것은 괜찮지 않을까 해서 말을 하게 되었다는 것이다.

모범생일 것으로 생각하기도 했고 단정한 모습도 좋게 보이고 해서 동생처럼 대하고 싶었다는 것이다. 그 당시 부끄러움을 많이 타던 때라 별말 없이 웃으며 그 여대생의 말을 듣고만 있었다.

그런데 그 여대생의 독서 실력에 놀라웠고 말도 재밌게 해서 호감이 갔다.

이제 나보고 누나라고 해. 남동생이 없어서 누나 소리를 못 들어 늘 아쉬움 같은 것이 있었는데 이제부터 누나라는 소리를 듣고 싶다는 것이다. 나는 그때부터 그 여대생을 누나라고 불렀다.

가끔 하굣길에 만나면 빵집에서 독서 이야기를 주로 했다. 유명 고전 소설은 거의 다 읽은 듯했고 그 당시 베스트셀러는 모두 읽은 듯했다. 희랍신화로부터 셰익스피어, 톨스토이, T.S 엘리엇, 모음, 펄벅, 생텍쥐페리, 카프카, 헤밍웨이, 모파상, 프로벨, 도스토옙스키, 유고, 괴테 등등의 대표작들을 줄줄이 소개하며 읽으라고 한다.

그 선배 누나 덕분에 참 많은 책을 읽었다. 말 상대가 되려니 책을 읽지 않고는 말 상대가 되지 않았다.

하숙집 방에서 밤을 새우며 많은 책을 읽었다. 그때부터 누나는 나의 독서 스승과 같은 역할을 했고 숙명여대 국문과 행사에 초대도 해주어 대학 구경도 할 수 있었다.

나에게 멘토 역할을 제대로 해 주었던 선배이자 누나였다.

그 여대생 누나는 사진촬영에도 관심이 많았는데 사진 공모전에 경복궁 연못 안에 있는 향원정을 촬영한 사진으로 가작입상을 받은 일도 있었다. 향원정 실물과 연못에 비친 향원정 물속 그림자를 한 묶음으로 멋지게 찍은 사진이었는데 전시회에 초대되어 관람한 일도 기억에 남는다.

그런데 내가 고3 2학기 후반에 그 누나 가족 모두가 남미로 이민을 갔다. 나도 이리저리 하숙집을 옮겨 다니는 동안 소식이 끊겨 지금까지 소식을 모른다.

지금도 가끔은 생각이 난다.

평생 동안 나에게 유익한 삶을 만들어 준 사람들이 많이 있었는데 웬일인지 중도에 소식이 끊겼거나 세상을 떠난 분들이 많아 늘 안타깝다.

고3 때 담임이었고 대학에서 교육학을 가르쳤던 안상원 학장님은 내 인생길을 열어주었고 친동생처럼 대해주던 선배 누나는 독서 습관을 갖게 했다.

그리고 클래식 음악 감상과 글쓰기를 부추긴 친구와 대학 때 함께 동인 활동을 했던 친구들 모두가 내가 살아갈 길을 암암리에 열어준 소중한 사람들이다. 나는 늘 그들에게 감사한 마음을 갖고 산다. ✿

밤하늘이 없는 도시

밤하늘을 쳐다보지 않고 살아온 세월이 얼마나 될까. 엉뚱한 생각일지 몰라도 요즈음은 밤하늘을 쳐다 본적이 거의 없는 것 같다. 밤길을 걸어가든 자동차로 가든 상점의 네온등과 가로등으로 휘황찬란하고 자동차 전조등으로 길은 밝기만 하다.

밤하늘을 쳐다볼 겨를이 없다. 여유라곤 찾아보기 힘든 것이 도시의 밤 풍경이라고나 할까? 상가에서 쏟아져 나오는 불빛의 밝기가 눈을 현혹시킨다. 다른 곳에 시선을 보낼 수 없도록 도시의 불빛은 살인적인 유혹을 한다.

길거리를 오가는 행인도 대낮처럼 붐비고 충동적인 주위 환경에 따를 수밖에 없게 만든다. 좋게는 도시의 생동감이라 할 수 있고 달리 생각하면 사치의 숨은 모습이라고 말하고 싶다.

유흥가의 떠들썩한 취흥과 인간의 도덕을 환각으로 몰아넣는 숨겨놓은 미화와 가식이 난무하는 도심의 밤풍경이라고 할 수 있다. 이런 생활에 깊이 매몰된 도시의 현대인들은 이것이 무의식의 일상이다. 그래서 밤과 낮을 구분하지 않고 일상을 즐긴다.

낮은 환하고 밤은 캄캄하다는 개념에 이상이 생긴 것이다. 내 어린 시절만 하더라도 낮에는 부지런히 일하고 밤이면 집에 가서 쉬고 내일을 준비한다는 확실한 일상이었다.

그런데 오늘날에는 밤낮의 구분이 거의 없다.

지금 호롱불을 밝히는 반 원시적인 생활은 상상할 수도 없고 그럴 이유도 없다. 호롱불을 밝혔던 시절이 그립고 촛불로 시험공부 하다 깊이 잠이 들어 들떠있던 벽지를 태웠던 아찔한 그 날들이 추억으로 가슴 속 깊이 남아 있으니 사람들은 추억 속에 살 수도 있나 보다.

집 앞 논에서 개구리들이 한밤중에 짝을 찾는 요란한 소리가 들려오면 너무도 시끄러워 공부도 잠도 잘 안 온다. 그러면 미리 준비해 두었던 돌을 들창문을 열고 물 논을 향해 던진다.

그러면 잠시 조용해진다. 이런 일을 반복하다 보면 한밤을 덧없이 보내게도 되지만 그다지 불쾌했던 기억은 없다.

초록의 들판이 있고 물 논에 개구리가 희미한 달빛 아래 환희를 노래하는 소박한 전원의 풍경이 그림처럼 아름답게 펼쳐지는 밤하늘 뿌연 어둠을 은구슬 뿌려놓은 듯한 별들의 잔치로 고요를 넘어 동화 속 같은 신비의 자연을 만들어 준다. 그러면 그 넉넉한 여유로움에 고마움까지 느끼곤 했다.

도시의 밤 풍경은 여유라는 정서가 없다고 말하고 싶은 것이 아니라 우주의 신비를 넉넉한 마음으로 즐기고 아름다운 밤의 풍요를 잊지 말기를 바랄 뿐이다.

찬란한 별빛과 유성이 흐르는 찰나의 순간들, 신비롭고 아름다운 밤하늘 속엔 옛이야기 풍요롭고 소원을 비는 성호가 정성 담겨 성스러웠는데 도시에는 밤하늘을 쳐다보는 낭만이 없다.

강렬한 상가의 네온등과 가로등으로 생활이 편리해지긴 했어도 간혹 밤하늘이 그리워지는 것은 절박한 생활로 피곤해진 마음을 풀어주고 여유를 찾고 싶기 때문이리라.

도시인들의 삭막한 가슴속에 소중한 정서가 다시 살아나고 순박한 밤 풍경을 볼 수 있기를 바란다. 그러다 보면 우리의 삶도 여유와 마음의 풍요로움을 얻게 될 것이 아닌가.

밤하늘엔 지금도 예쁜 별들이 귓속말을 주고받으며 동화를 엮어가고 있겠지!

아름다운 밤하늘엔 내일도 모래도 별들이 뜰 것이다.

머물고 싶은 공간

아무것도 없는 빈 장소를 공간이라고 말한다.

인간이 사는 곳이라면 공간은 수도 없이 많다. 꾸며진 공간도 있고 방치된 공간도 있다. 크게는 우주라는 공간도 있고 형상을 갖춘 공간도 있고 형상이 없는 정신적 공간도 있다.

빈 공간에 예술적 도형을 통해서 아름답게 꾸며진 곳을 예술적 공간이라 하고 상상의 정신적 공간을 무형의 공간이라고 한다. 예술적 공간이던 무형의 공간이던 과거의 공간도 있고 현재의 공간도 있다.

기왕이면 공간을 예쁘게 단장하거나 실용성 있게 만들어 감상하거나 편리하게 사용하고 싶은 욕망은 누구에게나 존재한다.

그래서 공간 이용에 정성을 다한다.

계획 없이 자연적으로 만든 도시 공간은 무질서하고 편리하지 못해 생활에 불편하고 미적인 균형도 없어 볼품이 없다. 기획도시는 철저한 계획에 따라 공간을 이용하기 때문에 편리하고 균형미까지 갖춘다.

세계 여행을 하다 보면 도시의 모양이 다양하여 흥미를 느낀다.

건축물들을 어디에 어떻게 세웠는지에 따라 주변 환경이 돋보이기도 하고 어둡고 흉하게 보이는 경우도 있다. 공간 이용을 제대로 검토하지 않은 무기획이 낮은 비효율을 지적할 수밖에 없다.

옛날에는 작은 마을 단위의 생활공간이 공간 생김새에 따라 형성되는 것이 자연스러웠지만, 지금은 다르다. 장래까지를 내다보는 공간 활용에 대한 기획과 설계에 의해 계획적으로 꾸며지는 경우가 되어 신도시의 모습은 옛날과 많이 달라졌다.

똑같은 집의 구조를 가지고도 꾸밈에 따라 공간의 변화는 달라진다. 잘 꾸며진 집을 보고 집 주인의 예술적 감각이 뛰어나다고 칭찬하고 부러워하기도 한다. 손질이 잘 안 된 집 주인을 무감각하다고 흉도 본다.

공간은 더없이 좋은 곳이다. 혼자 머무는 공간은 외롭고 쓸쓸할지 몰라도 사색과 명상을 할 수 있어 좋고 많은 사람이 뒤섞여 혼란스러운 공간은 삶의 끈끈한 정을 느끼게 해서 좋다.

아름답게 꾸며진 공간은 사람들의 정서를 안정과 평화를 느끼게 해서 좋고 거친 공간은 미래에 새로운 것을 만들고 꾸밀 수 있다는 여유가 있어서 좋다. 완벽한 공간보다는 미진한 공간이 더 자극적인 것은 새로움을 창출할 수 있는 기회가 있기 때문이다.

과거 아름다웠던 추억의 공간이 영원히 머리 깊숙이 남아 있는 것은 못다한 미지의 아쉬움 때문이고 남겨진 진실을 다 보지 못한 때문이다.

알고 싶은 더 이상의 상상이나 기대가 발생하지 않는 것은 삭막한 공허일 뿐이다. 그래서 적나라하게 벗어던진 공간은 꿈이 아닌 현실만이 존재하기 때문에 별로 흥미나 아쉬움이 없어 실망이다.

과거가 아름답게 보이는 것도 속속들이 알지 못한 공간이었기 때문에 생기는 허상 일 수도 있고 향수가 되기도 하는 것이리라.

머물고 싶은 공간은 편안함이 존재하는 공간이고 사랑스러움이 담긴 공간이며 꿈을 가질 수 있는 공간이다.

공간 사랑은 꿈이며 이상이다.

미지에 대한 여러 가지 상상이 어울려 꿈을 만들기도 하고 그리움을 만들어 더욱 빛나는 공간 위에 사랑을 심는다.

과거 현재 미래라는 공간에 쌓이는 아름다움이나 희망들이 삶을 풍요롭게 만들고 꿈을 만드는 원천이다. 그래서 인간과 공간은 떼려야 뗄 수 없는 깊은 혼합이며 미지에 대한 사랑이다. ✿

책 읽는 일본인

몇 년 전 친구들과 기차로 목포 여행을 간 적이 있다.

좌석권 번호를 찾아 자리에 가니 옆에는 이미 손님이 앉아 책을 읽고 있다. 30대 초반쯤으로 보이는 남자 손님인데 흐트러진 자세라고는 하나도 없는 단정한 자세였다.

자리에 앉아 창밖을 내다보다 옆 손님이 읽는 책을 얼핏 보니 일본어로 쓰여 있다.

"일본 말이 능숙한가 보지요"

내가 던지는 말에 그는 웃으며 "저는 일본 사람입니다." 한다.

전혀 예상 못 한 일로 뜻밖이었다. 흐트러짐 없는 자세로 책 읽는 모습이 인상적이어서 호감을 느끼던 차에 일본인이라고 하니 계면쩍었다.

한동안 아무 말 없이 있다가 그가 책에서 눈을 떼고 창밖을 무심히 보고 있을 때 다시 말을 걸었다.

"우리나라 사람이나 일본 사람은 비교하기 쉽지 않아서요, 좀 전에 내가 책 읽는 분에게 실례를 했었나 봅니다."

"천만에요. 괜찮습니다."하고 웃는다.

나의 긴 질문을 알아듣고 그가 천만에요 하는 말을 듣는 순간 우리말이 꽤 유창함을 알았다. 발음과 악센트가 좀 어색하기는 했지만 상당한 실력이었다.

"우리 좀 더 이야기해도 될까요."

"네 그렇게 하세요."

"요즈음 동경에서는 드라마 '겨울연가'가 인기라던데 그런가요."

"동경뿐이 아니라 일본 전국의 아주머니들이 열광하는 드라마이지요."

"욘사마와 지우히메는 우상입니다."

한류 문화가 꽃피는 듯해서 속으로 흐뭇하고 기분이 좋았다.

그런데 그는 묻지도 않은 이야기까지 한다.

출판 업계의 불황으로 큰 어려움을 겪어 온 일본이 '겨울 소나타.' (겨울 연가)로 이제 활기를 찾았다는 것이다.

동경에는 욘사마, 지우히메 광고 사진이 안 붙은 곳이 없을 정도이고 그들과 관련된 자료는 무엇이든지 불티나게 판매된다는 것이었다.

일본인은 한 가지에 몰두하면 그것을 두 번이고 세 번이고 반복해서 즐기는 습성이 있는데 요즈음 '가을 쏘나타'로 인해서 한국어 열풍까지 분다고 한다.

일본어 자막 화면을 보다가 등장인물들의 표정을 놓치고 억양을 통한 진정한 감동을 하고 싶다는 열망으로 한국어까지 배운다고 한다.

자랑스러움이 한껏 부풀어 올랐지만 더는 우리 자랑만 듣기 원하는 것 같아서 화제를 바꿨다.

"한국에서는 무슨 일을 하시나요."

"회사 비즈니스 일을 합니다."

"한국말을 훌륭하게 하십니다."

"이제 한국사람 다 되었습니다. 8년째 살아요."

"지금 읽고 있는 책은 어떤 책인가요."

가와바타 야스나리의 단편소설 모음이라고 한다. 가와바타 야스나리는 동양인 최초로 노벨문학상을 탄 작가다.

우리 같으면 수식어를 넣어 노벨문학상을 받은 '설국'의 작가가 쓴 책입니다라는 정도의 우쭐하는 기분으로 말했을 법도 한데 그는 겸손했다.

나는 '겨울 연가'의 일본 반응을 물었을 때 그에게서 한류 열풍이 대단하다는 자랑스러운 말을 듣고 싶었던 것이 사실이다. 그런데 속내를 들킨 것 같아서 부끄러운 생각이 들었다.

가와바타 야스나리의 '설국'은 눈의 나라라는 말에 어울리는 눈 덮인 산천을 너무 맑고 깨끗하게 그려내어 아름다운 비경이 눈에 보이는 듯 묘사한 작품이다.

감각적이면서도 서정이 넘치는 아름다운 풍경과 싸늘한 눈의 환상적 분위기들이 잠재된 슬픔으로 가슴을 아프게도 했던 작품으로 기억된다.

묘한 작가의 배열로 난해하면서도 신비로움을 느낄 수밖에 없게 만든 그의 능력을 높게 평가하고 싶다.

우연히 만난 기차 안에서 일본인 청년의 단정하고 예의 바른 모습을 보고 느끼는 바가 컸다. 역사 속에 쌓인 악연들을 들춰 보았자 이제 남는 것은 없다. 그리고 그것은 일본인 신조들의 죄악이다.

세계는 지구촌으로 바뀌었고 서로 교류하며 돕고 사는 세상이 되었음에도 역사의 아픔이나 들추는 것은 바람직하지 않은 듯하다. 그렇다고 그것을 송두리째 잊자는 것은 더더욱 아니다. 역사는 역사로 마음속에 간직하고 현재는 현재대로 협력하고 경쟁하며 서로에게서 배워가는 지혜를 익혀가자는 뜻일 뿐이다. 우리 국적을 가진 많은 동포가 일본에 살고 있고 일본인들도 우리나라에 와서 살고 있는 사람들도 많이 있다.

이제는 과거의 쓰라린 역사를 거울삼아 힘차게 전진하며 선의의 경쟁을 통해서 우리의 자존심도 지키고 국가의 위상도 높이는 한 차원 높은 국민의식을 가져야 할 때라고 본다. (2009. 5) ✿

고향에 두고 온 추억

한세상 살아가는 동안 수없이 쌓여 온 추억들이 그리운 편린들로 머릿속에서 잠자고 있다. 그중에서도 학창시절에 잊을 수 없는 추억들은 하나둘이 아니다. 세상과 인연을 맺어가며 새롭게 쌓인 일들이 희비의 여러 형태로 남아 뒷날까지 머릿속에 기억으로 남아 있는 것은 삶의 시작에서 처음으로 얻어지는 것들이기 때문일 것이다.

내가 다닌 초등학교는 이름도 예쁜 향남鄕南이란 초등학교였다.

한 학년 2개 학급씩 있었으니까 학생 수도 작은 편은 아니었던 것 같다. 먼 거리를 오가는 같은 방향의 아이들은 학년과 관계없이 자주 대하는 얼굴들이라 더욱 가깝게 느껴지는 친구들이 되기도 했다.

6·25전쟁이 발발한 해였는지 그다음 4학년 때인지 기억은 희미하지만, 우리 반 친구의 누나가 6학년이었는데 얼굴도 예쁘고 옷도 예쁘게

입고 다녔다. 그 친구가 많이 부러웠다. 나도 누나라고 부를 수 있는 사람이 있었으면 좋겠다는 생각을 하며 그 친구를 많이도 부러워했었다.

그런데 어느 날 하굣길에서 그 친구가 누나와 같이 가다가 나를 만나게 되었다. 수줍음이 많았던 나는 고개를 숙이고 걷기만 했다. 친구의 누나가 너하고 같은 반이냐고 동생에게 묻고 그렇다고 고개를 끄덕이니까 누나가 나보고 귀엽다고 했다. 많이 부끄러웠지만 웬일인지 기분은 나쁘지 않았다. 그때부터 그 친구는 나의 단짝이 되었다.

도시와 달리 농촌이란 마을 단위로 인간관계와 생활이 이루어지는 관계로 다른 마을 사람들과의 교류는 극히 드문 일이다. 어른들 사회에서는 다른 마을 사람들과의 관계가 동창생이거나 토지를 이웃하고 있는 사람들끼리 어울리기도 했지만, 아이들에게는 학교라는 집단을 통해서만 가능했다.

눈에 보이는 것은 사람보다 논밭에 자라는 곡식들이 친구가 되었고 곤충들과 산새들이 더욱 반가운 환경이 아이들 생활에 전부라 해도 과언이 아닐 듯하다. 그래서 사람이 그리웠는지도 모르고 학교생활은 그래서 즐겁고 많은 추억이 만들어졌는지도 모른다.

마을과 마을의 거리는 먼 길이었지만 학교라는 매개를 통해서 친구가 되었고 그들과의 우정은 깊어만 갔다고 볼 수 있다. 그때 어깨동무하며 지냈던 친구들은 언제나 다정하고 믿음이 가며 언제 만나도 흉허물없는 사이가 되지 않았나 생각된다.

고향은 어머니의 품안과 같다. 꼬불꼬불한 산길 하나도 정겹고 송사리 떼가 오르내리는 실개천도 반갑고 황톳길 너머에 전장도, 소모는 농부의 소리가 메아리 되는 듯 쟁쟁한 기억들도, 모두 추억인데 그 속에서 얻어진 사람의 관계를 어찌 잊을 수 있겠는가?

적막하리만큼 조용하기만 했던 마을들 그 속에 가족처럼 가깝던 이웃들과 또래들끼리의 사귐은 우정을 넘어 형제들 같은 우애였다. 그러나 그들도 커가면서 그들의 일을 찾아 고향을 떠났고 그래서 아련한 추억 속 그리움으로 느끼게 한다.

오래도록 보지 못했던 고향의 이웃들을 우연히 타관에서 만나게 되는 소중한 인연도 가끔은 생겨서 기쁨의 크기를 더하기도 한다. 사람의 인연이란 정말 알 수 없는 일이다.

불가에서는 옷깃만 스쳐도 인연이 쌓여서 생기는 일이라 했는데 내가 아닌 다른 사람을 부러워하고 예뻐할 수 있다는 것은 얼마나 큰 인연인가 하는 생각이 든다.

내가 현직 교감으로 있을 때다. 각 학년 어머니회 회장단이 인사차 교무실로 인사를 왔다. 그중 귀부인 티가 나는 1학년 회장 어머니가 나를 보고 웃고 있는데 어디에선가 본 듯한 인상이었다. 그러나 알 수가 없었다. 행사 이야기와 새로 뽑힌 학년 회장단을 소개받고 이런저런 이야기를 하다가 떠났는데 1학년 어머니회장만은 뒤처져 있다가 할 이야기가 있다고 해서 다시 자리에 앉았다.

"나 전혀 생각 안 나요." 한다.

"글쎄요. 아까부터 어디선가 많이 뵌 듯한 얼굴인데 생각이 나질 않아 나도 의아하긴 했어요." 했다.

"나도 향남이 고향이에요. 내 동생하고 친구잖아요"

그때서야 옛날 친구의 누나였음을 알고 놀라웠다.

대단한 일은 아니지만 몇십 년 기억에서조차 사라졌던 옛일을 다시 생각나게 하고 다시 만나 뵐 수 있는 기회까지 찾아온 것은 우연치고는 너무 반가운 일이었다.

그 누님은 내가 초등학교 다닐 때 기억을 하며 참 영리해 보이고 귀공자 같았다며 과분한 칭찬을 하였다.

"저는 그 친구를 많이 부러워했었지요. 나는 누님이 없었기 때문에"

"우리 아들이 이 고교로 진학하기로 했을 때 나는 교감 선생님이 누구라는 소문을 들어 알고 있었어요."

초등학교 시절 먼발치로 스치기만 했던 분을 새로운 인연으로 다시 뵙게 되었다는 것은 신기한 일이다.

고향 분을 만나서 반갑기도 했고 쑥스럽기도 했다. 정말 사람의 인연은 알 수 없는 일인 듯하다. 소중한 인연들을 소중하게 간직하는 것도 아름다운 일이라 생각한다. 🌸

자매학교 방문

내가 교장 재직 시 중국 길림성 안도현에 있는 제2고급 중학교와 2000년에 자매결연을 맺었다. 조선족 학교인 이 학교 학생들을 돕기 위한 후원회를 조직하기로 했다.

해외동포 돕기 위한 책 보내기 운동본부와 의논해서 2천 권의 책을 안도현 제2고급 중학교에 미리 보내고 우리 학교 대표단은 7월 20일 북경을 거쳐서 다시 국내선 비행기로 길림성에 밤늦은 시간에 도착하였다.

제2고급 중학교(우리나라 고등학교 과정)에서는 차편을 마련하여 공항에서 우리를 기다리고 있었다. 그분들이 준비한 차편으로 두 시간여 동안 달려서 안도현 숙소까지 가는데 가로등조차 없어서 보이는 것이라고는 어둠뿐이었다.

늦은 밤 안도현 어느 음식점에서 저녁 겸 술을 한 잔씩 하면서 초면

인사를 나누고 명일 행사에 대한 의논도 겸했다

　김포공항을 떠나 안도현에 이르기까지 눈으로 본 중국 풍경은 북경 공항 앞 거리 풍경과 길림성 공항이 전부였다. 마중 나와 주신 분들도 우리말을 유창하게 하는 교민들이어서 중국에 와 있다는 것이 실감 나지 않았다.

　숙소에 와서는 너무 피곤하여 침대에 눕자마자 깊이 잠에 빠지고 말았다. 그런데도 아침 일찍 눈이 떠져서 잠자리를 정리하고 창 너머로 밖을 바라보았다. 맑은 하늘과 한적한 풍경들이 눈에 들어왔고 특히 상점이나 건물 간판들이 한자와 한글 병기가 눈에 들어왔다. 연변은 조선족 자치구이기 때문에 한자와 한글을 병행하도록 되어있다는 설명이다.

　반가운 일이면서도 먼 옛날 고구려 시대에는 이곳도 모두 우리의 국토였다는 생각에 무어라 말할 수 없는 비감이 서려왔다. 아침 산책 겸 밖으로 나왔더니 일행 중 몇 분은 벌써 주변을 한 바퀴 돌아보고 왔다고 한다.

　오염 없는 공기가 신선하게 몸에 와 닿는다. 60년대 초 우리나라 읍 정도의 모습을 연상하게 했다. 방문 예정지인 학교가 멀지 않아서 교문 앞까지 천천히 걸으며 이런저런 생각에 잠겨보기도 했다. 방학 중이라 운동장에는 잡풀들이 군데군데 자라고 있고 조경이 안 되어 있어 쓸쓸하게 보였다.

　흰색 페인트칠을 한 2층 건물 두 동이 눈에 들어올 뿐 특이한 점은 보이지 않았다. 다시 숙소로 돌아와서 보니 전날 마중 나왔던 학교 관계자들이 아침 인사를 한다. 한적한 도시 풍경이 마음을 편안하게 만들어 고향 동네에 온 것 같은 착각을 하게 된다고 했더니 그들도 좋아한다.

아침 식사가 끝나자마자 그곳 학교 관계자들과 담소하며 그 날 행사에 대해 이야기를 했다. 학교 방문, 관계자 소개, 장학금 전달, 2,000권 책 기증, 자매결연서 교환, 방문 목적과 앞으로의 계획 등을 설명하고 학생들에게 나의 짧은 강연을 하기로 했다.

2층 건물 뒤로 계단식으로 된 두 교실 정도 크기의 강당이 있었다. 행사는 그곳에서 하기로 준비가 되었다고 한다. 그곳 학교 관계자들과 우리 방문단 일행이 모두 함께 학교로 갔다.

방학 중이라 교실은 모두 비워져 있었는데 한국 학교의 교실 풍경과 크게 다른 점은 보이지 않았다. 현관 벽에는 '수원고등학교 귀빈 환영'이라는 글귀가 보였다. 귀빈 환영이라는 낯선 말이 이채롭게 느껴졌다.

행사장에 들어서니 강당을 가득 메운 학생들이 박수로 반긴다.

참석한 인사들을 한 분 한 분 소개하는데 역시 최고의 박수를 받은 인사는 우리와 함께 간 학생 대표단이었다. 자기 또래의 우리 학교 간부 학생들이 소개될 때마다 여학생들의 박수 속에 웃음소리와 괴성도 함께 들려 떠들썩했다.

친구들이 와 주었다는 반가움이 서려 있는 모습이었다. 학생 대표단을 동행시키기를 잘했다는 생각이 들었다. 학생 대표단에겐 역사의 현장을 보게 된다는 의미도 포함되었다.

행사는 무리 없이 잘 진행되어 끝이 났다. 운동장으로 나오는 동안 우리 학생들과 그곳 학생들이 한 덩어리가 되어 나오며 기념사진을 찍느라 떠들썩했다. 머나먼 이국땅에서 우리말과 선조들의 뜻을 잊지 않고 살아온 그들과 우리 학생들이 어울리는 모습은 감동적인 광경이었다.

연변은 원래 고구려 땅이었다가 고구려가 망한 뒤에는 고구려의 후예인 발해가 이어 살아온 곳이다. 그곳에 흩어져 살던 여진족들은 고려 시대부터 조선 전기까지 번호藩胡라는 이름으로 조선왕조에 조공을 바치며 물자 교역의 기회를 얻어 살기도 했다. 이와 같은 역사를 가지고 있는 곳이 연변 지역이다.

1860년대에 함경도 영세민들이 이주해 갔고 그 뒤로도 우리나라 각처의 어려운 농민들과 반제국주의 반봉건투쟁을 부르짖던 많은 사람이 이주해서 사는 곳이 간도라는 이름을 얻은 것으로 안다.

그동안 간도 땅으로 이주해 살며 말로 다할 수 없는 역경들을 이겨내고 자리 잡아 성공해서 살고 있는 우리 이주동포들을 대하니 감개무량했다. 또한 일제강점기에는 선조들이 목숨을 걸고 애국운동을 했던 고장일 뿐 아니라 일제에 항거 투쟁할 수 있는 근원을 제공해주던 역사적 고장임을 잊어서는 안 된다는 생각도 했다.

우리가 이러한 곳의 어려운 학생들에게 매년 장학금을 보내 도움을 주게 되었다는 것은 잘한 일 같다. 안도현 조선족 중 정치적으로도 성공한 분들이 많았고 자치주의 유명 인사들이 우리를 여러모로 환대해 준 고마움도 잊기 어려운 일이었다. 북경에서 귀국 비행기를 타야 했기 때문에 북경으로 다시 와서 북경 주변 관광지를 돌아보고 왔다.

이것은 개인적인 일이지만 안도현에 가 있는 동안 이순耳順이 되었는데 안도현 고위 간부들과 그곳 학교 간부들이 이순 잔치를 베풀어 주어 고맙고 평생 동안 잊을 수 없는 소중한 추억을 만들어 주어 너무 감사하다. ✿

6 오피니언

자기들의 주장만 옳고 상대편의 판단은 잘못된 것이라고 억지를 부리는 것은 민주 시민의 올바른 판단은 아니라고 본다. 양쪽 모두가 가상을 놓고 다툼만 한다면 어떤 일도 할 수 없을 것이다. 지켜보는 여유와 아량도 필요하고 먼 장래를 늘 내다보는 진정한 애국의 길에서 검토하고 판단하는 일이 무엇보다 중요하다고 본다.

2011년 여름 장마는 몇십 년만의 최대의 홍수와 폭풍이 몰아친 한 해였다. 4대강 유역에 여름마다 되풀이되던 홍수 피해가 옛날보다 크게 줄었다는 보도를 보면서 천만다행이라고 생각했다.

— 「4대강 살리기」 중에서

마음의 창

　사람들은 외출할 때 거울 앞에 서서 자기의 모습을 이모저모 살피며 단장을 한다. 머리며 옷매무새를 살피고 만족하기도 하고 무엇인가 부족함을 느껴 불만족스러워하기도 한다.

　의식적이든 무의식적이든 자기를 살펴보는 행위는 필요한 일이며 남을 위해서나 자기 자신을 위해서도 좋은 일이다.

　거울 앞에서 원하는 자신을 만들고 그것에 만족하는 것은 생활에 활력이 되기도 하고 사회를 밝고 명랑하게 만들게도 한다.

　거울 속에 비친 자신의 모습에서 자신감도 생기고 그로 인해 타인과의 인간관계도 여유로워지기도 한다. 거울은 인간 생활에 필수적인 발명품이라고까지는 할 수 없을지 몰라도 예절이나 상호 규범을 지키며 살아가는 인간의 공동체 생활에 필요한 물건임에는 틀림없다.

그렇지만 거울에 비친 자신의 외모만 신경 쓰는 것은 지나친 가식과 허영을 만드는 일이 될 수 있어 생활 속에 상처가 될 수도 있다.

오늘날에는 의학 발달로 외형을 뜯어고치는 외과적 수술로 미를 만들어 내기도 하고 그런 것에 매몰되어 외적 미에 지나치게 빠져들어 가는 것을 보며 안타까움을 느낄 때도 있다.

따라서 우리가 보아야 하는 것은 거울에 비쳐진 외형만이 아니라 외형 속에 감춰진 내면도 함께 볼 수도 있었으면 한다. 외면도 보기 좋고 내면도 예쁘게 성장한다면 더할 나위 없이 좋은 일일 것이다.

거울은 자신의 외형을 비추지만, 그 속에 담긴 마음마저 비출 수는 없다.

외형을 볼 수 있게 해 주는 거울과 창 너머에 보이는 세상사를 볼 수 있게 만들어진 유리창은 같은 유리라는 재료를 통해서 아주 다른 세계를 일깨워 주는 역할을 한다.

창을 통해서 자연의 법칙이나 진리를 깨우치듯 마음의 창을 열고 인간이 갖춰야 할 양심을 공명정대하게 만들어 가기 위해서는 마음을 들여다 볼 수 있는 마음의 창을 잘 매만져야 할 것이다.

그런데 사람들은 거울 앞에서 자기의 외형은 잘도 살피면서 자기 내면에 숨어 있는 양심을 찾아보려는 사람은 많지 않은 듯하다. 사회적 병리 현상들은 마음의 창을 제대로 살펴보지 못한 데서 오는 것들이다.

누구나 할 것 없이 모든 사람이 거울을 보고 외형을 가다듬듯 마음의 창을 열고 도리와 양심을 늘 매만진다면 우리 사회는 살기 좋은 세상이 될 것이다.

외형을 아무리 멋스럽게 꾸미고 첨단의 유행을 따른다 한들 마음의 병이 깊어 언제나 초조와 불안으로 세상을 살아간다면 외형은 가식과 부끄러움의 상징일 뿐 삶의 멋진 모습은 찾아보기 어려울 것이다. 외형을 멋스럽게 만들려는 열정보다 내면의 멋을 만드는데 정열을 쏟아야 한다.

누구나 성인군자처럼 고고한 인품을 갖춰야 하는 것은 아니겠지만, 인간사를 배우고 협동과 사랑을 배워 바른 가치관을 형성하는 것은 무엇보다 아름답고 중요한 일이다.

남이 보든 안 보든 관계없이 양심에 거리낌 없이 정직하게 살아가는 모습은 아름답다.

사회 규범을 지키지 않아 죄가 되고 그 죄를 심판받기 위해 법 집행을 당하는 사람들이 기자들 카메라에 얼굴을 가리는 행위는 외모를 가릴 수는 있어도 양심의 모습은 가릴 수가 없다.

속과 겉을 다르게 살아간 사람들의 추악한 모습은 외모를 아무리 가려도 부끄러움은 남는 법이다. 외모에 신경 쓰듯이 양심이란 거울에 진실이 빛나도록 그릇됨 없이 살면 예쁘고 참된 모습이 나타나게 될 것이다.

거울 앞에서 외출을 준비하며 가다듬는 정성만큼 마음의 창을 들여다보는 시간이 길어지는 생활을 한다면 외면과 내면이 함께 좋아져 높은 인격의 멋과 진실의 고귀함을 보게 될 것은 당연하다.

세상 사람들과 어울려 살면서 남에게 해가 되는 삶을 살아서는 안 된다고 본다. 거울을 보고 외모를 매만지는 삶도 중요하지만 유리창 너머로 세상을 들여다보듯 자기 내면을 들여다보고 잘잘못을 확인하고 고쳐가는 삶은 더욱 빛날 것이다.

겉과 속이 하나 되는 멋을 만들고 이웃과 더불어 멋 부리며 산다면 우리 사회는 늘 환한 웃음꽃이 피는 건강한 사회가 될 것이다. ✿

생활의 지혜

중학교에 다니던 어느 해인가 나무 심기 행사에 동원되어 식수하다 남은 소나무 묘목 대여섯 그루를 집에 가져와 우리 산에 심겠다고 하니까 할머니께서 웃으며 "네가 장가가서 새집 지을 때 대들보로 쓰려고 하느냐. 잘 심고 오너라." 하고 말씀하셨다.

그때는 그 말이 무슨 뜻인지 알지 못했다. 나중에서야 안 일이지만 예로부터 우리 선조들은 아들을 낳으면 그 해에 산에 소나무를 심고 딸을 낳으면 집 근처 빈 공간에 오동나무를 심는다는 속설이 있었다.

아들이 장성해서 장가를 가고 신접 살림집 지을 때 대들보감으로 쓸 나무를 기르게 했고 딸이 커서 시집갈 때 오동나무를 베어서 장롱을 만들어 시집보내기 위한 선조들의 지혜였음을 알았다.

할머니가 농담처럼 던진 이야기에 웬 장가는 하는 생각을 하며 쑥스러워했었는데 알고 보니 속담을 말씀하신 것이고 의미 있는 웃음 속에 먼 날을 생각한 것임을 알았다.

마을 여유 공간이 있는 집 주변에는 오동나무가 많았던 것도 그때서야 알아차렸다. 우리 집 주변에도 오동나무는 예외 없이 몇 그루가 자라고 있었고 베어낸 오동나무 밑동에서는 싱그러운 새순의 오동나무가 자라는 것도 볼 수 있었다.

새순이 자라는 오동잎은 유난히 크고 넓어서 어린 시절 그 큰 잎을 따서 우산이나, 해 가리는 놀이 기구로 쓰기도 했다. 5월 중순 오동 꽃이 피면 마을 안에는 새콤달콤한 향내가 진동하고 큰 나무 상층부에 초롱을 닮은 보라색 예쁜 꽃이 뒤덮는다. 눈으로 보기보다도 먼저 향내로 오동나무가 있음을 알 수 있을 정도로 농도 짙은 향내가 진동했었다.

어릴 때는 너무 짙은 향내가 별로 좋은 느낌이 안이었는데 커가면서 향내에도 익숙해져서 별 거부도 느끼지 않게 되었다.

우리 선조들은 빈터에 필요한 나무를 심고 기르며 후대를 미리미리 대비하는 지혜를 보여 주었다. 시골 마을에 가보면 대추나무 감나무들이 집집마다 심어져 있고 호두나무 은행나무들도 자라는 것을 쉽게 볼 수 있다. 마을 주변 빈 공간을 채운 나무들이 생활의 체험에서 생겨난 계획 식수였다는 것을 알고 선조들의 미래를 예견한 지혜와 높은 뜻을 고맙게 생각하게 되었다.

일손이 크게 드는 것도 없으면서 필요한 재료를 풍부하게 얻어 생활에 유용하게 쓸 수 있는 예비 책이었으니 얼마나 좋은가.

자식을 낳으면 소나무와 오동나무를 심어 먼 날을 대비했고 빈터에 감나무, 대추나무, 호두나무, 배나무, 자두나무 등 유실수를 심어 가꾸는 지혜가 우리 선조들의 생활 방식이었음을 알고 후손들도 그와 같은 좋은 점은 유지 발전시켜 갔으면 한다.

오늘날은 옛날보다 나무에 대한 연구와 새 종을 만들어 보급하는 기관도 있고 개인이 운영하는 종묘원도 많아서 필요한 나무를 골라 여유 공간에 식수한다면 다목적으로 좋은 결과도 얻을 것이다.

오동나무는 향내뿐만 아니라 성장 속도가 빨라서 이십 년만 키워도 목재로 다양하게 쓰일 수 있고 주변 나무들의 병충해도 예방해주는 고마운 나무임을 알게 되면서 더욱 친근감을 느낄 수 있게 되었다.

오동나무 목재는 가볍고 튼튼해서 여러 가구용 재료로 쓰기도 하고 벌레들의 침입을 막는 효능도 있어서 장롱, 서랍장, 찬장 등등의 가재도구를 만들어 써 온 나무이기도 했다.

우리 집에는 예부터 내려온 쌀 보관용 뒤주가 있었는데 양옆과 앞뒷면을 오동나무 재료로 써서 만든 것이라 쌀벌레가 안 생긴다고 어머니는 늘 좋아하셨다.

그러나 나뭇결무늬는 특별한 것이 없어 단아한 가구재로 쓰였고 나무가 가볍고 울림도 좋아 우리나라 전통악기를 만드는 재료로도 흔히 쓰여 왔다.

우리나라는 산이 많은 나라다.

5,60년 대 문제가 컸던 벌거숭이산을 시급히 개선하기 위하여 조림 사업을 국가에서 시행할 때 체계적으로 되지 않아 잡목이 너무 많아 아까운 생각이 든다.

지금부터라도 산림청에서는 유용한 나무를 선별하고 점차적으로 산림개선에도 많은 연구를 하여 우리나라 산하를 효과적으로 이용할 수 있는 계획이 만들어졌으면 한다.

농촌 마을에서도 선조들의 지혜를 본받아 필요한 나무를 스스로 심어 가꾸는 행사가 있었으면 좋겠다. 유실수도 많이 심고 생활에 쓰일 나무도 심어 풍성한 농촌 마을이 되었으면 한다.

오동나무는 우리나라 울릉도가 원산지로 알려졌다. 순수한 토종나무의 하나다. 농촌 마을 주변 어디서나 쉽게 볼 수 있다. 의도적으로 심은 나무들이었으니 동네마다 오동나무 없는 곳은 없다.

아직도 농촌 마을엔 빈 공터들이 많이 남아 있다. 오동나무를 더 많이 심어 목재로 기른다면 농가 소득도 생기고 산림자원으로 유용하리라 본다. 🌸

소유욕과 주는 기쁨

　내가 가지고 있는 것을 남에게 준다는 것은 쉬운 일이 아니다. 동물의 세계나 인간 사회에서도 자기라는 존재가 다른 어떤 존재보다 앞서 있기 때문에 내 소유를 양보하거나 희사한다는 것은 복잡한 심리적 갈등을 통해서 결정하게 되고 행동으로 옮겨진다.

　이것은 동물의 본성이다. 생존 경쟁에서 살아남기 위한 투쟁이라 할 수 있다. 동물들의 생존 방식이 격렬해서 난폭하고 잔인해 보이지만 인간이 사는 방법에도 그 동물들과 유사점도 있다. 다만 인간은 이성을 가지고 판단할 수 있는 지혜를 가졌다는 것이 다를 뿐이다.

　인간사회도 동물의 생존경쟁처럼 난폭한 싸움은 아니더라도 도덕과 규범이라는 법적 테두리 안에서 치열한 경쟁을 한다. 개인 생활이 침범 당하거나 재산권에 침해가 오면 그것을 지키기 위해서 법적 다툼을 하게 된다. 동물이나 인간 모두 자기 것이라는 소유욕은 같다고 보인다.

자기가 소유한 것을 남에게 주기를 꺼리는 것은 동물적인 원초적 본능에서 유발되는 것이라 본다. 인간과 동물의 차이는 지혜가 있고 없고 뿐이다. 인간은 사고하는 능력으로 잘잘못을 판단하고 시정할 줄 알기 때문에 만물의 영장이 되었다.

따라서 인간은 눈부신 새로운 문명과 문화를 창조하고 발전시키며 개선하면서 살아왔다. 먹이의 장만도 지혜를 통하여 다양하게 만들어 냈다. 나눔의 문화를 만들기도 했고 예를 숭상하는 문화도 만들어 왔다.

과학과 의술을 발전시켜 여유로운 인간 세상을 만들며 유토피아의 세계 실현을 위해 노력도 해왔다. 지금도 인간은 미래의 삶을 더욱 발전시키기 위해 잠시도 쉬지 않는 진행형이다. 동물에 없는 지혜를 인간만이 가졌기 때문이다. 사람들은 원초적 동물의 본능인 지나친 소유욕으로부터 벗어나 더불어 사는 지혜를 만들어 가야 한다.

그러나 그것이 그리 쉽거나 간단한 일은 아닐 것이다. 근원적으로 깊이 뿌리내린 욕심은 누구에게나 정도의 차이가 있을 뿐 본능이기 때문이다. 가진 자가 못 가진 자에게 베풀고 사랑을 담아 주면 사회는 더욱 명랑해지고 평화가 올 것이다.

소유라는 욕심을 조금씩 버리고 남에게 주고 돕는다는 기쁨은 받는 기쁨보다 훨씬 크다. 나의 아주 작은 도움이지만 그것이 상대를 기쁘게 하고 위안을 줄 수 있다면 그보다 더한 기쁨은 없을 것이다. 받는 행복이나 기쁨보다 주며 봉사하는 기쁨이 훨씬 크기 때문이다.

길지 않은 삶을 살다가 빈손으로 흙으로 돌아가는 것이 거역할 수 없는 인생이 노정이다. 삶이 끝나면 그 뒤에는 아무것도 없다. 이런 인간의 삶에서 그토록 욕심과 욕망을 채우기 위해 혼신의 노력을 다해온 일들은 허무하다는 것밖에 남는 것이라고는 아무것도 없다.

삶의 진실을 깨우친 사람들은 남을 돕는 선행에 아낌이 없다.

거부가 되었든 겨우겨우 살아가는 필부가 되었든 기부하며 사는 사람은 행복한 사람이다. 욕심을 버리고 청정한 마음으로 살 수 있다는 것은 아무나 할 수 있는 일도 아니다.

그러나 크든 작든 돕고 사는 마음을 가진 자는 누구보다도 행복한 사람이다. 진심 어린 도움은 따뜻하고 즐거운 기쁨으로 배가 되어 돌아온다.

우리나라 경제 규모가 세계 10위라고 하니 우리는 부국의 국민이 되었다. 내 가까운 이웃을 돕는 것뿐만 아니라 이제는 세계 빈국의 어려운 사람들을 돕는 일에도 힘을 보태야 할 때가 되었다.

한국국제협력단KOICA을 비롯한 각종 단체에서 시행하고 있는 해외 봉사 활동 소식을 접할 때마다 가슴 뿌듯해 오는 기쁨은 나만의 일이 아닐 것이다. 우리 국민이라면 누구나 자랑스러운 마음과 흐뭇함으로 자긍심을 느끼게 될 것이다.

남을 돕는다는 것은 깨끗한 선의 행위이기에 존경과 사랑을 받을 자격이 있다고 본다. 국내에서건 해외에서건 자선 행위는 권장되어야 하고 칭찬받을 만한 일이다.

빈곤으로 도움을 바라는 나라들에 도움을 주기 위해 해외에서 봉사하는 분들에게 따뜻한 격려의 박수를 보내고 싶다. 국내에서 남몰래 선행을 하는 분들에게도 존경과 사랑을 보내고 싶다.

  기업인들이 내어 놓는 큰 액수의 기부도, 적은 돈이지만 정성을 다한 소액 기부자도 자랑스러운 일이다. 국민 모두가 주어진 여건 속에서 나름대로 보탬 되는 봉사를 즐거워한다면 살기 좋은 사회, 살기 좋은 국가가 될 것이다. 주어서 기쁘고 받아서 행복한 사회가 만들어진다면 이것이 곧 낙원일 것이라 믿는다. 이웃을 따뜻하게 사랑하는 사회건설이 우리를 행복하게 할 것이다. 🏵

부끄러운 양심

양심이란 풀이를 사전에서는 사물의 선악善惡과 정사正邪를 판단하고 명령하는 본연적이고 후천적인 자각의 도덕적 의식과 판단 능력이라 했다. 인간 본연의 마음과 후천적 교육을 통해 얻은 도덕적 의식, 인간 본성이 자연 사물을 접하면서 자연적으로 나타나는 인간의 감정을 갖고 바르게 사는 것을 양심이라 할 수 있다.

양심이 통용되는 사회는 질서가 존중되지만 양심이 제대로 작동되지 않는 사회는 험악하고 위험천만한 힘의 논리만이 작용하게 된다.

사람들은 누구나 안전하고 평화롭게 살기를 원한다. 이 기본 원칙이 무너지면 사회는 혼란에 빠지게 된다.

사람이 모여 사는 곳에서는 해서 되는 일과 안 되는 일이 잘 구분되어 있고 그 규칙을 법이나 전례 관습으로 이어가기 때문에 잘 시행되고 있다. 그러나 개중에는 양심적으로 시행되어야 할 일들이 그렇게 시행되지 않으므로 생기는 불화가 사회를 혼란에 빠뜨린다. 믿음이 없는 사회는 갈등과 분노로 시민 사회가 질서를 잃게 되고 경직되어 즐거움을 찾을 수 없는 사회로 추락하게 된다.

믿음이 없는 사회는 마음 놓고 생필품을 사용하기조차 어렵게 될 것이고 법정에서 정의가 바로 서지 못하거나 증인이 올바른 양심으로 질문에 답하지 않는다면 억울한 피해자가 속출하여 사회를 병들게 할 수도 있다.

양심은 마음속 갈림길이라 할 수 있다.

시비가 분명하나 옳은 일을 편들면 자기에게 손해가 되고 잘못된 일이지만 그쪽 편을 들면 이익이 생길 때 양심은 갈등하게 되기도 한다. 갈등하게 되는 일이 큰 사건이 아니고 소소한 것이면 그나마 다행이지만 사회적 파문을 일으킬 대형 비양심인 경우는 법적 책임까지 져야 한다.

양심은 규정이나 관습을 따라야 하는 의무가 존재하기 때문에 개인적으로 불편을 느낄 수도 있다. 건강한 사회를 위해서 작은 규칙 하나라도 꼭 지키는 성숙한 시민의 양심이 필요하다.

의무 수행을 철저히 하면 스스로 양심에 기쁨을 느끼고 규정을 어기면 번뇌하게 되고 기분도 안 좋다. 신호등 앞에서 신호를 무시하고 질주하는 운전자는 눈치를 보게 되지만 도로가 텅 비어있어도 느긋하게 신호를 기다려 차를 운행하는 운전자는 규정을 잘 지킨 것에 대한 자부심으로 기쁨을 얻는다.

양심과 비양심은 마음먹기에 달려있다.

이곳저곳 눈치 볼 필요 없이 행동하는 양심을 생활화하면 시민의 긍지도 높아지고 사회 질서도 바로잡힌다. 마음 놓고 편안하게 살 수 있는 사회가 되면 강자도 약자도 모두 즐거워진다.

세계에 많은 나라는 양심의 사유를 헌법으로 보장하고 있다. 자기 양심에 부합하지 않는 신념이나 행동에 부당한 강요를 당하지 않고 자기 양심에 따라 행동할 수 있는 자유를 가질 권리를 보장한다. 하지만 여기에서 지적한 양심의 자유란 그 나라 안의 관습이나 법으로 정한 규칙을 준수하는 가운데서의 자유이지 자기만이 억지를 부리는 것을 뜻하지는 않으리라.

'양심은 스스로 돌아보아 부끄럽지 않다는 자각을 갑옷 삼아 입으면 아무것도 두렵게 하지 않는 좋은 친구'라고 단테는 말했다.

양심을 갑옷 속에 튼튼히 간직했으니 어떤 유혹도 이겨낼 수 있다는 의미의 말일 것이다.

유태 격언에는 '당신은 의지의 주인이 되라 그리고 당신은 양심의 노예가 되라.'는 명언도 있다. 올바른 양심을 강한 의지로 지키라는 말일 것이다.

박해는 의로운 사람이 고통받도록 만들지 않고 만일 진실의 옳은 쪽에 서 있었다면 압박이 그를 파괴하지도 못한다. 소크라테스는 독약을 들며 미소를 지었고 스테판은 돌에 맞아 죽으며 미소를 지었다.

'진실로 아픔을 주는 것은 양심으로써 우리들이 그것을 거역하면 양심은 괴로워하고 우리들이 그것을 배반하면 양심은 죽어버린다'고 칼릴 지브란은 말했다.

부끄러운 양심의 소유자가 되지 않도록 바른 양심으로 살아야겠다.

양심은 건전한 사회를 만드는 첩경이다. 누가 보든 안보든 자기 양심을 속여서는 안된다. 건강하고 바람직한 사회는 모든 사람이 양심의 노예가 되고 신봉자가 될 때 가능하다. 명랑한 사회 건설은 부끄러운 양심을 내 주변으로부터 벗어 버리는 것이리라. ✿

욕심이 부르는 불행

세상사는 공평하지 못하다. 잘 사는 사람들이 있는가 하면 못사는 사람들도 있다. 명예를 가진 사람과 못 가진 사람도 있고 잘난 사람과 못난 사람도 있다. 세상에는 모두 상대적으로 비교가 되는 사물들이 너무 많다. 너와 나라는 사이에 정신적 물질적 모든 측면에 비교되는 것들이 있고 이에 따른 상대적 빈곤감으로 사람들은 괴로워하기도 하고 좌절하기도 한다.

상대에 대한 열등감을 이겨내기 위해 안간힘을 쓰며 좀 더 좋은 조건으로 변화되기를 갈구하며 노력한다. 자기의 처지보다 못한 사람은 생각지 않고 나보다 나은 쪽만을 향해 비교하며 조급해하기도 한다. 이러한 심리적 갈등들이 발전을 유도하기도 하고 좌절의 늪으로 빠뜨리기도 한다.

사람들의 성취 욕구는 아름답기도 하고 고통의 쓴맛을 주기도 한다.

이러한 정신적 테두리 안에서 행복과 불행을 논하며 겉으로는 평온한 척 살아간다.

현대인들은 무한 경쟁 속에서 살아간다. 살아남기 위해서 부단히 노력해야 하고 성취를 위해서도 경쟁 속에 살지 않으면 안 된다. 낙오자가 되지 않기 위해 함께 뛰며 보조를 맞추며 살아야 한다. 어찌 보면 현대인들은 너무 경쟁에 혹사당하며 살아가는 고달픈 사람들 같다. 그래서 여유가 없고 언제나 바삐 돌아간다.

한발 뒤로 물러나 침착하게 삶이란 무엇이고 인간이 갈구하는 행복이란 무엇일까를 음미해보면 우리들 삶에 지나친 욕심이 도사리고 있음을 알 수 있다.

충분한 부를 가졌음에도 더 큰 부를 욕심 내고 무엇 하나 부족함이 없어 보이는 사람이 다른 사람을 시기하며 불안해하는 것은 욕심 때문이다. 어느 선에서 만족할 수 있다면 그것이 행복이련만 사람들은 더 큰 것을 욕심내다 뜻을 이루지 못하면 고통으로 불행을 말하게 된다.

우리가 원하는 행복은 경쟁에서 이기거나 부와 명예를 얻었을 때 행복해지는 것보다 그것을 이루어 가는 과정에서 행복해지는 것이다.

목표를 달성하고 나면 또 다른 욕심이 생겨 사람을 또 다시 괴롭힌다.

사람의 욕심은 한도 끝도 없어서 욕심은 또다른 욕심을 낳게 하고 점점 더 커져서 눈덩이처럼 주체할 수 없게 된다. 어느 쯤에서 만족하고 감사하지 않으면 욕심의 노예로 전락하여 불행을 맞게 된다.

논밭의 잡풀들은 논밭을 못 쓰게 만들고 사람은 탐욕으로 사람을 사람답게 살 수 없도록 한다. 세상에 번민이나 욕심이 하나 없는 사람은 없을 것이다.

그러나 다행히 사람들에게는 번민이나 욕심을 이길 수 있는 올바르게 사는 길을 알고 있다. 예로부터 이어져 온 교훈을 바탕으로 옳게 살기를 갈망하며 산다면 번민이나 욕심을 잠재울 수 있을 것이다.

분수에 넘치는 탐욕은 사람을 망치게 하는 근원이기에 모름지기 정도로 살아갈 줄 아는 지혜가 필요하다.

동서양을 막론하고 지나친 욕심을 응징하는 교훈적 설화들이 아이들 교육에 이용된다. 어려서부터 지켜야 할 진리와 정의, 분수의 미덕을 알게 하고 실천할 수 있도록 돕는 교육은 긴요한 일이다.

우리나라 설화에 "정직한 나무꾼" 이야기가 이솝 우화에서는 "헤르메스와 나무꾼"로 똑같은 이야기가 나온다. 거짓말과 욕심을 훈계하는 재미있는 이야기다. 지성이면 감천이라는 고소설 한후룡전에 담긴 이야기도 친구와의 우정을 기리는 것으로 전해지는 것도 있고 욕심을 내다가 벌을 받게 되는 이야기로 전하는 것이 있다.

끝없는 욕심의 굴레를 벗고 마음의 평정을 위해서 스스로 억제하고 분수를 모르는 경쟁으로 마음을 다치지 않게 하는 수양은 늘 가슴속에 간직하고 살아야 한다. 그것이 곧 행복의 지름길일 것이기 때문이다.

사람들의 행과 불행은 물질로 만들어지는 것이 아니라 마음속에서 만들어지는 것이다. 아프리카 가난한 나라 사람들이 선진국 사람들보다 더 행복하다는 조사의 사례는 시사하는 바가 크다.

특별한 욕심 없이 가진 것 그대로, 시기와 경쟁보다는 주어진 대로 사는 평화가 그들이 가난하지만 행복을 느낄 수 있는 근원이었을 것이다.

세상을 청정한 마음으로 바라보며 살 수 있는 사람은 행복해진다. 세상은 사람의 마음을 그대로 흉내 낸다.

사람들이 가식 없이 예쁘게 웃으면 세상 사물들도 환하게 웃어 주지만 험상궂은 얼굴로 사물을 대하면 그들도 화를 낸다. 어떤 측면에서 어떻게 세상을 보느냐에 따라 세상사는 천차만별로 변화를 보인다. 너그러운 마음으로 세상을 보면 모두 예쁘게 보이지만 어두운 마음으로 세상을 보면 두려움만 남는다.

밝고 환한 마음으로 세상을 보면 세상은 마냥 즐거움으로 다가온다.

꽃길을 걸으며 슬픈 추억을 떠올리면 꽃밭에서 슬픔이 터져 나오고 즐거운 마음으로 걸으면 꽃밭은 웃음으로 맞는다. 세상사 모두를 어떤 마음으로 보느냐에 따라 기쁘기도 하고 슬퍼지기도 한다. 화가 나거나 즐거움으로 보이는 것도 지금 머금고 있는 마음에 달려있다. 지나친 욕심을 버린다면 행복해질 수 있다.

노자의 도덕경에는 이런 말이 있다. 죄악 중에 탐욕보다 더 큰 죄악이 없고 재앙 중에 만족할 줄 모르는 것보다 더 큰 재앙이 없고 허물 중에 욕망을 채우려는 것보다 더 큰 허물은 없다고 했다.

탐욕, 만족, 욕망 이 세 낱말이 뜻하는 것은 인간의 욕심을 의미한다. 마음속에 도사리고 있는 함정 같아서 사람들을 정도가 아닌 잘못된 길로 인도하는 요사스러움을 담고 있다. 신중한 접근이 필요한 말이다.

가정에서 가장이 탐욕을 부리면 패가망신하여 가정이 망하고 개인이 탐욕에 빠지면 인생을 망친다 했다. 만족할 줄 알면 인생은 즐겁다는 지족상락知足常樂의 뜻을 헤아리는 생활이면 좋겠다. 🌸

무관심의 사회병리

사람들은 생활 주변에서 발생하는 모든 것에 관심이 많다. 유형이든 무형이든 새로운 것에 대한 관심을 두게 되는 것이 인간의 본성이다. 새로운 지식에 도전하고 견문을 넓혀 보다 풍부하고 행복한 삶을 추구하는 것이 인간의 진실한 모습이다.

정치 경제 사회 문화 무엇 하나 소홀히 넘기지 않고 보다 발전된 모습을 갈구하며 미래를 향하여 전진하는 것이 우리 생활 전부라 해도 크게 모순된 생각은 아닐 것이다. 이것은 관심의 발로다.

사람이 본성적으로 가지고 있는 관심이란 정신세계가 인류를 오늘날처럼 발전시켰고 미래를 향한 도전은 지금도 계속되고 있다. 그런데 근래에 와서 관심의 반대되는 개념인 무관심이란 단어가 우리를 부끄럽게 만든다.

물론 큰 틀에서의 관심이란 단어가 무관심으로 모두 바뀌었다는 의미는 아니다. 인간 생활은 공동체로 묶여 있어서 서로가 존중하고 협력하며 사는 것이 참된 미덕인데 그 도덕적 일면에 무관심이란 반갑지 않은 심리적 변화가 생겼다는 것을 모른 척 할 수만은 없는 일이다.

무엇보다 도덕적 무관심이 문제다. 비행 청소년들을 보고도 모른 척, 밤길에 아녀자가 추행을 당해도 모르는 척한다면 큰일이다. 사소한 일이지만 법을 위반하는 일반인들의 처사도 못 본 척하는 무관심은 우리 사회를 불건전하게 만들기 때문에 문제가 생긴다.

교통사고가 나도 나와는 상관없는 일이니까 모른 척하고 증인을 부탁해도 귀찮은 일에 말려들기 싫다고 모르는 척한다면 우리 사회는 정의가 상실되는 바람직하지 못한 사회가 될 것이기 때문이다.

나와 큰 관계가 없으니까 모른 척하겠다는 이기주의가 팽배하면 사회정의는 큰 타격을 입게 된다.

흔히들 하는 말로 집안에 강도가 들어오면 "강도야" 하지 말고 "불이야" 해야 한다고들 말하지 않는가. 이 말은 "강도야" 하면 누구도 내다보지 않을 테니까 "불이야" 하라는 말이다. 불이 나면 자기 집도 문제가 생기니까 모두 내다보게 된다는 우스갯소리다.

도덕적 무관심은 사회를 멍들게 하는 부끄러운 일이다. 개인 생활에 지나치게 관심을 보이는 것도 문제지만 이웃과 정을 나누며 살아가야 하는 인간 생활에서 도덕적 무관심도 문제다.

얼마 전 외롭게 살던 독거 노인이 단칸 셋방에서 몇 개월 만에 시신으로 발견됐다는 뉴스를 보았다. 죽음도 안쓰럽고 무관심이 불러온 현실에 안타까움은 더욱 크다. 더불어 살아온 우리 선조들이 보았다면 이 망연한 슬픔에 말문이 막히고 말았을 것이다.

이웃과 더불어 서로 아끼고 협력하며 사는 것을 삶의 근본으로 인식하고 정으로 살아왔던 도덕적 행위들이 처참하게 무너지는 아픔은 부끄러운 일이다. 너는 너, 나는 나라는 개인적 이기주의가 우리 사회에 팽배하여 도심의 민심은 정말 살벌하다.

도덕적 무관심은 무지에서 오는 잘못과는 다르다.

우리 사회 모든 면에서 도덕적 무관심의 팽배는 바람직한 일이 아니다. 잘잘못이 무엇인지를 똑똑하게 인지하면서도 행동하지 않는 도덕적 무관심은 죄를 짓는 것과 다름이 없다.

하찮은 작은 일에서부터 큰일에 이르기까지 인간답게 행동하는 것이 중요하다. 도덕적 식견이 없어서 생기는 문제는 별개다.

어떤 행위가 도덕적으로 지탄받는다는 것을 잘 알면서도 죄책감이나 양심상에 부끄러움을 느끼지 않는 무관심은 마음속에서 지워내고 바르게 따지고 옳은 길로 갈 수 있도록 하는 관심이 중요하다.

도심 공원이나 골목길에서 어린 학생들이 담배를 나눠 피고 있는 모습을 보고도 아무 말도 못 하고 지나가는 어른들의 행위는 올바른 처사라고 말하기 어려운 일이다. 십여 년 전만 해도 청소년들이 담배를 피우다가 어른을 보면 담뱃불을 꺼버리거나 슬슬 피하는 것이 상례였는데 지금은 아무런 죄책감이나 부끄러운 생각조차 하지 않는 상태로 변했다.

어른들도 그들을 보고 타이르는 말 한마디 건너지 못하는 상황이 되었다. 불량한 청소년들이게 망신당할까 두려워 아무 소리 못 하고 무심히 지나친다.

이와 유사한 일들이 오늘날 우리 사회에 만연되고 있다는 것은 안타까운 일이다. 시비를 가릴 수 있고 도와야 한다는 양심의 소리가 마음속에 분명 있으면서도 아무 말 못하고 지나치는 행위는 잘못이다.

우리 사회에 만연되고 있는 무관심의 부끄러움은 고쳐져야 할 일이다. 옳은 것을 알면서도 실천하지 않으면 그것은 비겁한 행위다. 사회정의를 위해서도 도덕적 무관심은 추방되어야 할 우리 사회의 시급한 문제다. ❀

기다리는 성장 순리

청소년들은 가정에서나 국가 모두에게 미래의 꿈이며 희망이다. 바라는 바가 큰 만큼 성장해가는 청소년들에게 원하는 욕심이 생기고 그것이 이뤄지기를 갈망하는 것 또한 어른들의 한결같은 소망이다.

그러나 그 갈망이나 소망들은 성장해가는 청소년들이 그것을 스스로 깨닫고 실행으로 옮겨 가기까지에는 많은 시간과 정신적 성숙이 필요하다. 지켜보는 여유와 서서히 변화되는 것을 침착하게 기다리는 것이 어른들이 할 일이지 조급하게 성과를 기대하는 것은 과도한 욕심일 수가 있다.

지적 자각을 깨우치는 교육 프로그램을 통해서 아이들의 성장을 돕는 것이 무엇보다 중요한 일이리라 믿는다. 가정에서든 교육기관에서든 아이들이 자연스럽게 미래를 꿈꾸게 하는 교육이 이뤄지면 청소년들은 스스로 자기 능력과 취향에 맞춰 꿈도 꾸고 실현을 위한 노력도 하게 될 것이다. 어른들이 할 일은 이와 같은 성장이 빠르게 이뤄지도록 돕는 일이다.

기초가 튼튼하지 않은 청소년은 공부를 잘할 수 없듯이 어떠한 준비도 되어 있지 않은 청소년에게 꿈을 강요하고 실현을 독촉하면 아무것도 이룰 수가 없다.

모든 것은 순리에 기초하고 스스로 자기 능력을 알게 하며 원하는 취향에 따라갈 수 있도록 도우면 어른들의 몫은 다했다고 보아야 할 것이다.

사람마다 능력이 다르듯 청소년들도 그 나름의 세계에서 자기의 능력을 알아 가면서 커 간다. 그들이 생활하는 작은 사회지만 그 안에서 자기와 타인의 관계를 통하여 많은 것을 배우며 생존 법칙도 배워간다.

상대라는 거울에 자기를 비춰 보면서 반성도 하고 성숙도 한다. 이것이 성장의 순리다. 다만 이런 성장 순리를 어떻게 빨리 깨닫도록 유도해 가느냐가 관권이다. 아무리 어른들이 청소년들에게 큰 기대를 걸어도 청소년들이 하려고 하지 않으면 어떤 강압도 통하지 않는다.

능력이란 개인적인 차이가 있다. 취향도 다르고 꿈과 희망하는 바가 다르다. 사람은 각기 타고날 때부터 뇌의 구조가 다르듯이 기억하는 능력과 지능지수나 감성지수의 차이가 있고 이해력이나 응용능력 등의 차이를 가지고 있기 때문에 어쩔 수 없는 나름의 한계가 있다.

공부를 잘해서 일류대학에 가야만 성공이고 행복해지는 것은 아니다. 현대 사회는 다양의 사회일 뿐만 아니라 세계는 하나가 되어 지구촌 시대가 되었다. 일류대학에 간 학생보다 다른 것은 몰라도 영어 실력만은 늘 앞서온 학생도 있고 수학 한 과목만은 언제나 전교에서 최고 인 학생도 있다. 성악이나 미술에 뛰어난 학생도 있고 글짓기를 잘하는 학생도 있다.

사회가 다양해지고 지식분야도 세분화되어서 분야마다 많은 인재가 필요한 시대다. 일류대학에 진학한 학생이 어떤 분야에서든 최고라고 할 수는 없는 것이 사실이다.

개인이 가지고 있는 적성에 따라 최고가 되도록 돕는 어른들의 지혜 가 필요한 시대다. 학교 다닐 때 모범생이든 덤벙대며 말썽을 피우던 학생이든 사회에 진출하여 몰라보게 변하는 것을 흔히 볼 수 있다. 따라서 청소년들의 다양한 꿈과 희망을 안겨주는 큰 아량이 필요하다.

부모의 꿈이 아니라 청소년의 꿈이 꽃피울 수 있도록 돕는 지혜와 도량이 있어야 한다. 말처럼 쉬운 일은 아니지만 이해하고 협력하며 청소년의 무한한 가능성을 기대하며 차분히 지켜보는 것도 중요하리라 본다.

청소년은 그 나라의 장래이며 희망이다. 그들의 건전한 사고와 미래의 도전 의지가 어떠한가에 따라 인류의 역사가 바뀌고 문화적 삶의 질을 상승시키는 원동력이 그들의 힘에 기인하기 때문이다.

청소년들을 위한 배려는 어떠한 것도 소홀히 할 수 없고 아까울 것이 없다. 내일을 꿈꾸는 사회라면 청소년 정책이나 그들을 보호하고 교육하는 일에 한 치의 소홀함도 없어야 한다. 🌸

역설力說과 억지 사이

시민단체들의 역설力說이 억지로 들릴 때도 있다.

세계 각국에는 국제비정부기구(NGO. non-government organizat ion)가 있다. 정치문제, 경제문제, 환경문제, 문화보존 문제에 이르기까지 국가 정부나 지방정부 등에서 시행되는 각종 문제를 감시하고 비판하는 기능을 가진 사회단체이다.

살기 좋은 나라, 살기 좋은 사회 건설에 민간 차원의 의견을 전달하여 잘못을 바로잡고 올바른 길로 가도록 돕는 민간의 전달기구가 NGO의 길이라고 믿기 때문에 신뢰한다.

개인의 의견이 정부에 전달되기까지는 한계가 있다. 따라서 사회단체들은 다수의 의견을 모아 정부를 견제하는 대응책의 한 수단이기도 하다. 편견 없는 의견 제시와 법이 정한 범주 안에서 NGO의 활동이 이뤄지는 것은 민주국가의 장점 중의 하나일 것이다.

국민 대다수가 정치의 잘못을 지적하고 경제 문제에서 발생하는 기업윤리의 문제를 지적하는 일, 환경 파괴로 시민 생활의 존립에 어려움이 생긴다면 당연히 문제를 제기하고 바로잡아야 할 것이다. 문화적 유산을 바로 지키고 보존하는 문제도 마찬가지다.

이와 같은 국민의 권리를 주장하고 바로 잡아가는 일은 국민 모두의 바람이며 지향해야 할 목표도 된다.

원칙과 진리에 입각해서 문제를 보고 국가 미래가 반석 위에 오를 수 있도록 돕고자 하는 진정한 국민 대다수의 대변자가 되는 사회단체의 참모습이 보일 때 사회단체는 각광받고 존경의 대상이 될 것이다.

그러나 일부 시민 사회단체들의 편견과 아집으로 인해 올바른 NGO 활동을 하는 단체들마저 외면당하고 짜증나게 하며 폄하되는 것은 안타까운 일이 아닐 수 없다.

우후죽순처럼 생겨나는 크고 작은 단체들의 난립은 지양되어야 하고 그 단체의 공과도 분명히 시민 사회에 준엄한 비판의 대상이 되어야 한다고 본다.

국민의 뜻이라는 이름을 팔아 비판에 앞장서고 사회질서에 악영향을 끼쳤다면 응분의 책임도 져야 하고 국민 앞에 사과할 수 있는 용기가 수반되는 성찰도 따라야 한다.

요란한 선동으로 나라와 국민에게 큰 과오를 범했음에도 속된 말로 '아니면 그만이고' 식 사회운동은 근절됨이 마땅하다고 본다.

2008년 미국 쇠고기 광우병 파동으로 입은 정신적 물질적 피해는 이루 헤아릴 수가 없을 것이다. 매일 밤 촛불 시위로 몸살을 앓아온 것들을 돌이켜보면 정말 어처구니가 없는 일이었다.

각종 사회단체와 야당 정치인들의 미국 쇠고기 수입 재협상을 부르짖으며 국민 건강을 가장 걱정하는 양 법석을 떨었던 일은 두고두고 회자될 것이다.

이 사건에 앞장선 사회단체들과 야당, 일부 방송 매체의 무분별한 뉴스에 매몰되게 만든 그들은 몇 년이 지난 지금까지 묵묵부답이다.

'아니면 말고 식'의 그 뻔뻔함에 놀라울 뿐이다.

그들의 터무니없는 선동과 망거로 전 세계의 비웃음거리가 되어 뉴스의 초점에 섰고, 국가 정부의 모습은 만신창이가 되었는데도 누구 하나 국민에게 사과하지 않으려 한다.

이것이 어찌 그들이 말하는 국민의 뜻이며 국민을 위한 행동이라 말할 수 있단 말인가. 어느 쪽을 음해하고 이득을 얻으려는 편견에서 나온 왜곡이었다면 그들은 분명 면장우피面帳牛皮의 사람들이 틀림없을 것이니 사죄와 자숙은 분명 있어야 했다고 본다.

온 나라 안팎이 온통 광우병 파동으로 들끓고 그 촛불 집회를 물리적으로 막는다고 집회의 자유가 어떻고 군사정권 시대로 회귀했다고 하던 그들이 저지른 불법 행위는 무엇인지 다시 묻고 싶은 심정이다.

천성산 KTX 원효터널 건설이 늪지에 사는 천연기념물 도롱뇽 서식지가 파괴된다며 2003년 10월에 착공금지 가처분소송을 내면서부터 유명한 사건이 되었던 일이 있다.

여스님의 4차례 걸쳐 200일 동안 단식을 했고 환경단체가 지원하는 소송은 2006년 기각되면서 공사를 재개하여 2010년 11월에 완공시켰다. 공사 중단으로 생긴 피해액이 약 145억이 넘는다고 한다.

터널 공사를 위해 발파 작업을 할 때 생기는 소음과 KTX 열차의 굉음으로 도롱뇽이 사라질 것이라던 가상은 완전히 틀리고 말았다. 천성산 늪에는 도롱뇽이 지금도 건재하게 살아서 번식하고 있다고 한다.

정부가 환경 평가를 통해서 이상이 없을 것이라고 설명을 했는데도 자기의 주장만 되풀이했던 그들은 이제 무엇이라고 억지의 말을 할지 자못 궁금할 뿐이다.

지금도 국가가 마련한 대형 국책 사업들이 시민 사회단체들의 저지로 잇달아 표류하고 있는 안타까운 현실을 어떻게 보아야 할 것인지 자못 궁금하다.

NGO 설립 이념이 제대로 자기 구실을 했으면 한다. 편견이 없어야 할 것은 말할 것도 없고 법이 정한 테두리 안에서 평화적으로 정당하게 활동한다면 누가 사회단체를 경원시하고 비웃겠는가.

나는 사회단체들이 진정한 국민의 편이 되어 개인들이 할 수 없는 일들을 합리적이고 정당하게 성취시켜 가기를 진정으로 바란다.

그러나 반대를 위한 반대를 하거나 편견에 좌우되고 특정 집단이나 특정인을 돕기 위한 사안에는 결단코 반대한다. 그것은 우리 후손들이 행복하게 살아갈 나라가 우선이기 때문이다. (2011.9) 🌸

포퓰리즘과 애국

　포퓰리즘이란 정치인들이 내세우는 인기영합주의 정책을 이야기할 때 쓰는 말이다. 사전에서는 대중주의, 민중주의라고 풀이하고 있다.

　일반 국민들의 원하는 요구라는 명분을 구실로 정책을 입안하지만, 국가의 경제 능력으로 가능하지 않은 무상 복지의 비현실적인 정책 공약을 비판할 때 자주 쓰는 용어이기도 하다. 무상급식 무상교육 무상의료 무상보육 반값등록금 같은 정책은 그 문제들을 국가가 해 낼 수 있는 경제적 바탕을 가지고 있다면 좋은 정책이다.

　장기적으로 시행을 하는데 아무런 장애가 없고 발전시킬만한 능력을 갖추고 있는 나라라면 아무 문제가 없다.

　그러나 그와 같은 정책을 실효성 있게 지속적으로 지탱하기 어려운 나라라면 인기를 얻기 위한 정책 공약일 뿐 아니라 끝내는 나라 살림을 어렵게 만드는 위험한 발상임이 틀림없다.

복지 정책을 입안할 때는 재원 마련으로부터 시행의 공평성까지 완전무결한 준비와 시책이 따라야 한다. 국민의 복지를 위하여 정책을 입안하고 살기 좋은 나라 만들기는 정치인들이 할 일이기도 하다. 그러나 그것이 국가의 장래를 위한 것이 아니고 개인 영달을 얻으려는 수단의 한 얕은꾀에서 나온 것이라면 용납되어서는 안 되고 아편에 취하듯 현혹당해서도 안된다.

우리나라는 UN으로부터 원조를 받아왔던 나라다. 그런데 이제는 경제적 여유를 가지고 가난한 나라들을 도와주는 나라로 탈바꿈했다. 국가의 위상과 국민의 긍지와 자부심을 만방에 펼칠 수 있는 통쾌한 일이다. 그러나 우리 국가는 아직 복지 선진국들의 정책을 모두 받아들이기에는 준비가 많이 부족한 것이 아닌가 한다.

왜냐하면 복지 선진국들은 거기에 걸맞은 재원 마련을 위한 세금 문제가 오래전부터 완벽하게 정리되었고 국가의 축적된 경제적 기반이 튼튼하고 안정되었다. 뿐만 아니라 국민들은 불평 없이 국가 정책을 따를 만큼 신뢰가 쌓였다.

복지의 실현을 위해서는 작은 것부터 시행하고 국가의 능력을 저울질하며 차츰 복지의 분야와 폭을 높여가는 단계적 조치를 따라야 할 줄로 안다.

힘도 키우기 전에 열량을 소비해서 중도에 무너지는 어리석음은 없어야 할 것이다. 복지국가로 각광 받던 나라들 중에는 국가 파산 위기에 처하는 난감한 처지에 있는 나라들도 있다.

국가 파산에 직면한 스페인, 아일랜드의 복지정책에는 많은 문제점을 노출시킨 예가 될 것이고 그밖에 지나친 복지 예산 지출로 어려움을 겪는 나라들도 많다. 과도한 욕심이었거나 개인의 인기 영합을 위해 쏟아낸 정책으로 말미암아 국가의 어려움을 초래케 한 과거 쿠바의 카스트로, 아르헨티나 페론의 복지 정책을 들 수 있다.

특히 페론은 첫 번째 집권 시 복지정책에 국가 예산을 거의 다 소비했고 재집권을 위해서는 앞서보다 더한 복지정책을 공약했다. 그래서 세계 5위라는 경제 대국이었던 아르헨티나를 두 번 I.M.F를 겪는 수치와 부끄러움을 당한 나라로 추락시키고 말았다.

우리나라는 김대중 정부와 노무현 정부의 십 년간 의료복지, 노인복지, 교육 복지를 통해 복지 정책을 시행하기 시작했다. 지금 이명박 정부의 후반 지자체장 선거에서 야당이 당선된 곳에서 초등학생 전면 무상급식, 대학 반값 등록금을 시행해야 한다고 촛불 집회를 보름이 넘도록 이어 가고 있는 실정이다.

일본 집권당은 일부 좌파적 정책을 공약했으나 더 이상 시행에 옮길 수 없는 처지가 되었다며 국민에 사과하고 그 정책을 없던 일로 만든 사례들은 모두 포퓰리즘의 망령이라 할 수 있다.

일부 정치인들의 애국 논이 타당한지는 의문스러울 때가 있다. 여야 간 정책을 놓고 자기 집단이 불리하다 생각되면 곧 나라가 망하는 듯 펄펄 뛰는 모습은 완전 코미디다. 닫아건 국회 회의실 문을 도끼로 찍고 부수는 끔찍함, 국회 기물을 파괴하고 집기 위에 올라 두발을 구르며 요동치는 꼴불견 등 차마 볼 수 없는 부끄러운 정치의 현실이다.

다수의 의견은 모두 옳고 소수의 의견은 모두 틀린다는 해석은 있을 수 없다. 소수 의견이라도 옳은 것은 받아 의논하고 다수의 의견이라도 잘못된 의견은 고칠 수 있는 성숙한 의견 교환으로 다듬는 것이 민주주의 정치인이 해야 할 일일 것이다. 하지만 타협이 불가능할 때는 법으로 정해진 민주주의 국가의 다수결 원칙은 원칙적으로 준수되는 것이 온당한 일이다.

소수당은 다음 선거까지 다수당의 횡포와 문제점을 지적하여 다음 선거에서 승리하여 다수당이 되어야 하는 것이 순리다. 법을 제정하여 국민 모두가 지켜야 할 일을 법을 만든 장본인들이 그것을 무시하고 힘의 논리로 일관하는 것은 어떤 변명도 억지가 아닐 수 없다.

선거 때 주장한 국민과 나라 사랑을 약속하고 표를 얻어 국회의원이라는 신분을 얻었음에도 불구하고 그것을 망각하는 것은 국민에 대한 배신이다. 선거 때 일꾼 논과 선거구 주민들을 하늘처럼 받들겠다는 말들은 당선 직후 소멸하는지 오히려 주민 위에 군림하는 태도는 불쾌한 일이다.

진정한 애국자는 누구일까? 묵묵히 자기 할일을 열심히 하고 국가가 법으로 정한 모든 법률을 준수하는 일반 근로자와 농어민, 상인들, 공무원과 회사원 나라를 지키는 군인 등이 진정한 애국자일 것이다. 정해진 세금도 일 원 한 장 기피하는 일이 없고 국가가 명한 대로 법률을 집행하며 주어진 일을 성실하게 수행하여 지키는 일반 국민이야말로 진정한 애국자다.

인기에 영합하는 포퓰리즘 정책은 국민이 원하는 바가 아니다. 국가가 부강해져서 근심 걱정 없이 일하며 자기 능력껏 살아가는 것을 희망한다. 능력이 모자라는 국가 경제로 과다한 복지를 시행해 주기를 바라지도 않는다. 우리는 시장경제를 원칙으로 하는 민주주의 국가다. 분배를 원칙으로 하는 사회주의 국가가 아니다. 따라서 우리는 기준에 못 미치는 어려운 이웃을 찾아 그들을 돕는 정책이 필요하다. 과다한 포퓰리즘 정책으로 나라가 위기에 빠지면 공멸을 면치 못하게 된다.

개인의 경제능력을 토대로 그에 걸맞은 복지 정책이 만들어져야 한다.

원칙 없는 분배보다는 필요한 사람에게 복지 혜택이 돌아갈 수 있도록 하는 것이 우선일 것이다. 망국적 포퓰리즘 정책은 절대로 입안하지도 지지하지도 않겠다는 서약을 한 여야 국회의원이 40명이 있다. 양심적 정치인들은 실현 가능성이 없는 포퓰리즘으로 국민들을 현혹시키는 정치는 하지 않겠다고 서약을 했다. 인기영합주의 정책이 얼마나 허구이고 실현 가능성이 없는 선심용 정책임을 본인들도 잘 알고 있는 것이다. 오직 표를 얻기 위한 기만이나 잔꾀라면 이런 분들을 애국자라할 수는 없다.

공짜가 싫은 사람은 없다.

후대를 위해서 참고 견디며 내일의 영광을 위하여 탄탄한 경제를 만들어야 하고 그 바탕 위에서 복지 정책을 실현해야 한다. 아직 우리 경제로는 복지 선진국들이 하는 복지정책을 그대로 시행하기에는 어렵다는 것이 대다수의 경제학자들이나 나라 경영을 맡고 있는 사람들의 생각인 것으로 안다.

포퓰리즘 복지 정책은 신중을 기해야 할 것이다. 나라 살림을 지금처럼 부강하게 만든 것은 피땀 흘려 일한 근로자를 비롯한 평범한 국민들이 세운 금자탑이다. 세계 10위의 경제 강국으로 만든 일반 국민들이야말로 진정한 애국자가 아닐까 한다. (2011.10.28) ✿

내 가슴속 산처럼 우뚝한 당신

조 석 구 (문학평론가 · 문학박사)

이덕선 형은 중학교 내 한 해 선배다.

화성시 향남읍 송곡리 12번지에서 3형제 중 장남으로 태어났다.

6·25전쟁 때 아버지와 작은아버지가 돌아가셨기 때문에 이 선배 어머니가 작은아버지 자녀 남매까지 키우셨다.

향남초등학교를 졸업하고 오산중학교에 입학, 이십여 리가 짱짱한 읍내 학교를 자전거로 통학했다. 중학교를 졸업하고 서울로 유학 동양고등학교에 다니며 문학에 눈을 떠 건국대학교 국문과로 진학하면서 문학 서클에 들어가 본격적으로 문학 활동을 하기 시작했다.

발자크는 말했다. 사람의 얼굴은 풍경으로 용모는 결코 거짓말을 하지 않는다고. 얼굴은 그 사람 얼의 꼴이라고 한다. 그는 덕스럽게 생겼다. 덕스럽게 살면 덕스러워지고 예쁘게 살면 예쁘게 된다고 법정 스님은 말했다. 덕德이란 무엇인가? 남을 배려하는 자비심이다.

이덕선 형은 왕손으로 전주이씨 효령대군 18대손이며 전형적인 이 시대의 마지막 선비다. 그가 수원고등학교 교장으로 재직할 때 융건릉 제향 초헌관으로 여러 차례 제사를 모셨다.

내가 이덕선 선배를 존경하는 이유 중의 하나가 올곧은 성품과 예술적 낭만과 의리 때문이다. 그는 기타리스트다. 교사 초년병 시절 풍금을 잘 치는 음악 선생님이셨으니까.

이 선배가 대학을 졸업하고 공립학교 채용고사에 합격하여 인천교육대학에서 강습을 받다가 각혈을 하여 휴양차 한적한 시골 과수원에 묻혀 있을 때 중학교 동창 심민웅 선배가 그 어려운 시기에 치료비에 쓰라고 거금을 주고 갔다는 얘기를 들었을 때 그의 우정이 참으로 부러웠다.

일찍이 영국의 경험주의 철학자 프랜시스 베이컨은 말했다. '사랑은 인간을 만들고 우정은 인간을 완성한다.'고.

건강이 회복되자 은사인 안상원 교수의 권유로 충북 심천에 있는 심천중학교에서 3년간 재직하다가 모교인 오산 중·고등학교로 부임하여 2년간 근무하고 수원고등학교로 자리를 옮기었다.

그는 대학시절 문학 동아리들과 명동거리를 헤매고 다녔다. 다방 돌체, 설매 청동다방 등등은 그들의 둥지였다. 심하벽 시인과 정고월 시인을 비롯하여 많은 문학 지망생들과 다방에서 오상순 선생을 모시고 밤을 새워 문학을 얘기하며 젊음을 불태웠다. 그러나 세월의 강을 건너며 직장을 잡고 결혼을 하며 현실의 벽이 너무 높아 잠시 문학을 놓을 수밖에 없었다.

2002년도 『벽을 넘지 못하면 성공은 없다』는 훈화 모음집을 발간하여 높은 평판으로 낙양의 지가를 올렸었다.

정년퇴직을 하고 그간에 써 놓았던 수필들을 모아 『연습 없는 삶의 연출』을 2012년도에 출간하였다. 그리고 이번에 두 번째 수필집 『구름종착역』을 상재하게 되었다.

첫 번째 수필집 『연습 없는 삶의 연출』이 에세이적 성향이라면 이번 수필집 『구름종착역』은 미셀러니(신변잡기)적 성향이라고 볼 수 있겠다.

총 58편이 6부로 짜여져 있다.

1부 '서정이 있는 풍경'은 자연 찬미의 아름다움을 표현했다. 꽃과 나무, 숲, 저녁노을, 안개 등등

2부 '변하는 세상만사'는 현대 물질문명의 시대를 살아가며 소중한 것을 잃어버린 현실을 고발하고

3부 '아름다운 공간'에서는 살아가면서 체험했던 먼 옛날 추억에 눈시울 뜨거웠던 젊은 날을 회상했다.

4부 '감동의 지구촌'은 국내외 여행을 통하여 느꼈던 감회를 서술했고.

5부 '사랑과 인간관계'에서는 유년 시절부터 현재까지의 가족사를 비롯하여 인간관계의 신비와 사랑의 고리를 다루었고

6부 '오피니언'에서는 이 시대를 살아가면서 사회적 모순과 부조리를

갈파하며 더불어 열심히 살아가야 한다는 착한 메시지를 전달하고 있다.

박종화 선생은 20대에는 시를, 30대에는 소설을, 40대에는 수필을 써야 한다고 했다. 인생을 살면서 산전수전 공중전까지 다 겪고 달관의 경지에서 수필은 씌어야 한다는 뜻으로 받아들여진다.

피천득 선생은 수필은 낭만적이고 서정적이고 소프트해야 한다고 했다.

『구름종착역』에 게재된 작품들은 쉽고 아름다운 언어로 인간의 숙명적인 허무와 고독이라는 철학적 명제의 성찰을 통해 꿈과 사랑의 삶을 형상화한 점에서 그 특징을 찾을 수 있다.

그는 이제 70대인데 푸른 열정Passion으로 작품을 구상하고 밤을 새워 작품을 완성한다. 하기야 톨스토이는 72세에 『부활』을 썼고 괴테도 말년에 불후의 명작 『파우스트』를 쓰지 않았던가.

이제 이 글을 지면상 마무리해야 한다.

오늘까지 살아오면서 나는 너무나 이덕선 형에게 많은 신세를 지고 살아가고 있다. 내 곁에 이러한 선배가 있다는 것이 얼마나 다행인가. 성격이 지랄 같고 괴팍한 나를 늘 내 편에 서서 긍정적으로 따뜻하게 대하여 주는 이 선배가 한없이 고맙다.

인생은 만남이라고 독일의 시인 한스 카롯사는 말하지 않았던가. 10대에 만나서 60여 년을 변함없이 서로 걱정하고 염려해주며 살아간다는 것이 어찌 쉬운 일이겠는가.

나이를 먹으면 초조감이 사라지고 원한이나 섭섭했던 일 하나둘씩 잊혀지고 좋았던 일, 고마웠던 일만 기억에 새로워진다. 그래서 젊은이는 희망에 살고 노인은 추억의 힘으로 산다고 했나 보다.

이 책이 출간되는 사랑의 계절 푸르른 오월에 우리들의 단골집 '예인촌'에 가서 맥주를 마시며 이 선배의 18번 금수현 작곡 「그네」를 듣고 싶다. 그리고 합창으로 목이 터져라 「옛날의 금잔디」를 부르고 싶다.

사랑하는 사람에게는 나이가 없고, 꿈과 희망을 품고 사는 사람은 늙지 않는다고 한다. 『구름종착역』 수필집 출간을 진심으로 축하드리며 앞날의 수산壽山 복해福海를 기원한다. ✿

이덕선 수필집

구름종착역

초 판 인 쇄　2014년 5월 27일
초 판 발 행　2014년 5월 30일

지 은 이　이덕선
펴 낸 이　배준석
펴 낸 곳　**문학산책사**
등　　록　제3842006000002호
주　　소　경기도 안양시 만안구 병목안로 81 성원Ⓐ 103-1205
　　　　　Ⓤ430-717
전　　화　(031)441-3337
휴 대 폰　010-5437-8303
홈 페 이 지　http://cafe.daum.net/munsan1996
이 메 일　beajsuk@hanmail.net

값 10,000원

ⓒ 이덕선, 2014

ISBN 978-89-92102-52-0　03810